U0512938

文

景

———————

Horizon

社 科 新 知　　文 艺 新 潮

弱关联

在旅行中探寻检索词

[日]东浩纪 著 王飞 译 靳丽芳 校

上海人民出版社

中文版序言

　　我的《动物化的后现代》《游戏式现实主义的诞生》《弱关联》《观光客的哲学》这四本书几乎同时被译成简体中文出版。于是，我决定为其写一篇总序。

　　正因为这四本书是首次译为简体中文出版，所以有读者可能是第一次接触我的文章。

　　《动物化的后现代》（2001年）、《游戏式现实主义的诞生》（2007年）、《弱关联》（2014年）、《观光客的哲学》（2017年）这四本书的出版年份相差甚远，不仅主题和风格有所差异，预设的读者也不甚相同。关于这一点，我想简要地说明一下。

一

1971 年，我出生于日本东京，曾在东京大学研究法国哲学，并取得了博士学位。所以，我也有学院中人的一面，实际上也在大学任教过。

如今，我已经不在大学任教了。与此同时，2010 年，我创办了一家小公司，主要经营图书出版，并开展相关的话题访谈活动（talk event）。《观光客的哲学》就是在这里出版的。也就是说，我现在并非大学教师，而是一名中小型企业经营者。

为什么会走这样的人生道路？一言以蔽之，就是因为在日本做"哲学研究"的曾经有两条路：一条是归属大学而成为一名研究者；另一条是在出版界以写作为生。选择后者的人被称为"批评家"，而非哲学家。

当然，这两者是无法严格地区分的。因为在大学任教的同时，写书不仅是可能的，而且也有写出畅销书的人进入大学工作的。然而，就读者的感觉而言，将大学与出版的哪一边放在中心位置，通过文体、兴趣的差异，多少能够看出来。事实上，战后相当长的一段时间，以出版为中心的思想家，也就是相比大学里的研究者，"批评家"在日本具有更大的影响力。这是其他国家并不存在的特殊环境。由于这个话题太过冗长，就此省略它形成的过程。但无论如何，无视当时的环境，就无法理解日本思想史。在中国广为人知的，我也深受其影响的日本思想家柄谷行人，在日本国内也曾长期自称"文艺评论家"。柄谷自称为哲学家，是在国外开始阅读他的著作之后的事情。

在日本，做"哲学研究"的曾经有两条路。之所以用"曾经"这个过去式来描述，是因为现在已经不存在那样的环境了。进入 21 世纪，大学与出版之间的关系发生了逆转，在日本，如今的哲学已经完全变成了大学教职的事情。批评家这一职业几乎没有存在感。

然而，在我年轻的时候，"批评"这个词语仍然闪耀着光芒。所以我在职业生涯初期，并非对大学教职，而是对批评家有着强烈的憧憬。同时，我也被灌输了哲学就应该在大学之外实践的信念。这一憧憬和信念并没有随着周围环境的变化而改变。进入 21 世纪后，人文学科开始急速地学院化、体制化，而我并没能很好地融入其中。结果，为了找回自己曾经憧憬的思考方式，我决定创办自己的公司。

然而，我与大学之间的关系并没有完全切断，那也不是想切就能切断的。我的文章无论怎么说，都是具有"学术性"的，在日本实际上也只是学者或学生在阅读。我只不过是在承认这种局限的基础上，仍然不断地尝试让学术工作的面向尽可能地获取更广泛的读者而已。这次的四本译著，尽管在主题上有所不同，但在这种尝试上是共通的。

大学与出版之间的矛盾，学术与非学术之间的矛盾，对于中国读者来说，或许无法理解；即便是在日本，也不太能与下一个世代共享。然而，我的著作都是在这种矛盾中产生的。

我的名字在中国如何被知晓，我并不确切知道，只是听说过是作为一名日本动漫、游戏的研究者而广为人知。这次《动物化的后现代》与《游戏式现实主义的诞生》两本书同时翻译出版，恐怕也是基于这个原因吧。现在，因为日本的内容（contents）产业受到了全球性的关注，所以我的工作首先在这样的研究脉络下被大家接受是能够理解的。

不能说这是错误的。但是，从作者心情的角度来讲，我并非想在动画、游戏等方面建立新学问，而是借由动画、游戏之力，试图改变学问的方向。

二

另外，我想要在此重新说明，我的工作与所谓的"政治"之间的关系。

在日本，偶尔有人会指责我对政治漠不关心。确实，我不参加政治活动，既不搞签名也不去示威游行。无论是《动物化的后现代》与《游戏式现实主义的诞生》以御宅族为主题，还是《弱关联》与《观光客的哲学》以观光为主题，所写内容看起来既与政治无关，又很抽象，似乎对改变这个世界并无帮助。

这种理解有一半是对的。之所以说"一半"，是因为这绝非单纯地表现为漠不关心。用日语检索一下便知，我一直在SNS或杂志专栏里就现实问题发言，偶尔也会批判一些政策或政治家。不过，我不仅避免做出被认为是特定政党支持者的行为，还在著作中尽量不透露对特定政治性集团有利的信息。

为何如此？这是因为所谓政治，归根结底是一种分割人类的行为。所以我认为，哲学决不能被完全卷入其中。

人类离开政治是无法生存的；然而，光靠政治也是无法生存的。在只有政治的世界里，所有人都会被分割为朋友和敌人。因此，为了团结被分割的朋友和敌人，我们必须要进行政治以外的活动。在这一点上，我要坚定地站在"去政治性"的，也就是站在连接朋友和敌人的立场上。

三

哲学务必是去政治性的。哲学的语言，必须是将人与人放置在政治之外来联结的。这是我的信念，也与我的出身和世代有关。

如前所说，1971 年出生于东京的我，是在 80 年代的东京度过了青少年时期。

那是一个日本最富裕的时代，也是一个无须针对政治进行无限考量的时代。直到 60 年代，日本大街小巷都充斥着政治，不仅有学生运动、恐怖袭击，还有罢工。但是，这样的骚乱在 70 年代迅速得以平息，迎来了短暂的繁荣——人们可以轻率地梦想只要追求富裕，所有人都会拥有光明的未来——那就是 80 年代，即昭和时代的末期。人们感觉到当时的日本经济在持续增长，人口也不断增加，全世界所憧憬的索尼、任天堂在亚洲无竞争对手，说起战争也只能想象科幻小说里的末日，昭和天皇依然健在，自民党政权也宛如会永远持续下去。而我就是在这种思考停滞的氛围中度过了我的中学时代。

当然，如今的我终于知道了那是幻想。现实中当时的日本，问题堆积如山，有些人为此一直痛苦不堪。后来，这种扭曲喷薄而出，导致国家陷入了长期的停滞。如今的日本年轻一代中，几乎没有人对昭和末期持有肯定的态度。

然而，在全面承认这种缺陷的基础上，我心中仍然残留着几份对那个时代的乡愁。不，我最近开始觉得，应该更积极地重新思考那个时代的氛围——无须考虑政治就好。那确实是思考停滞，但这种停滞同时也产生了特殊的宽容。比如说，这些恰好反映在当时就开花结果，至今仍然令世界为之着迷的动画、游戏的自由上。

现在的日本已经变成了完全不同的国家。与其他很多国家一样，日本媒体或网络上经常发生政治争论，每天都会产生朋友和敌人。所有表现的政治性都会被质疑，一个接着一个地被取消。这一方面是理所当然的，另一方面又是令人窒息的、伪善的。不仅在日本，世界上有很多人都开始感受到这种窒息般的痛苦。在这个过程中，我开始重新自问自答：难道不参与政治真的是一件愚蠢的事情吗？

不管怎么说，这或许是我人性的局限，又或者是理论上的可能性。但如今的我，想尽可能地避免自己的话被特定的政治性格局所吞噬，也想从朋友和敌人之间的区隔中脱离出来，使用不同于政治的语言来推进我的思考。尽管这是《弱关联》和《观光客的哲学》明确的主题，但是《动物化的后现代》和《游戏式现实主义的诞生》在某种意义上可以说，也贯穿着同样的兴趣。因为在那两本书里，我使用了与政治语言完全不同的工具，试图用语言来表达人们如何联结、如何认知这个世界。

政治使人自由，也使人不自由。我非常清楚，这样的说法可能会引起日本以外读者的愤怒。世界上有很多想谈政治却无法谈、想发声却无法发声的人。你们也许会说，你说的这些只不过是日本特定世代的，而且是在首都优渥阶层长大的人的生活感受而已。假使受到这样的指责，我想也是理所当然的，毕竟连我自己都觉得已经写了这么多矫情的文字。

即便如此，我仍然无法舍弃我的天真。倘若在不远的将来，你们的国家与我的国家之间发生了摩擦，我希望即使在那个时候，大家也能把我的文章理解成与政治毫无关联。我想哲学本来就是这样的，这样的可能性是一种天真的幻想。我想我的哲学始终与去政治性同在。至于在中国会有怎样的需求，这是现在的我无法想象的。

最后，感谢这四本书的译者，尤其是参与了全部翻译、校对工作的王飞先生。正因为有了共同的译校者，想必文风和翻译语言会自然统一。我期待这些书籍能够变得通俗易懂，也希望它们尽可能地抵达更为广阔的读者群体。

东浩纪

2023 年 6 月 11 日

（王飞／译）

目　录

序言　强网络与弱现实

网络（net）是固化阶级的工具。倘若"阶级"这个词过于强硬的话，当然也可以使用"圈层"来替代。世代、公司、兴趣……无论什么都行，网络这一媒介不断加深、固化这些人们所属的共同体（community）中的人际关系，让人无法从中逃脱。

Google（谷歌）的自定义检索技术已经取得了相当大的进步。当你想要查找什么，它会事先做出预测检索："您大概会想知道这些事吧"。这种技术今后会越来越先进。虽然我们自以为在自由地检索，但实际上所有检索都是在 Google 取舍选择后的框架内进行的。只要接触了网络，你就只能在他人所规定的世界里思考。世界正在朝这个方向发展。

尽管如此，我们也已经离不开网络了。若真是这样，脱离这种控制的方法只有一个。

那就是使用 Google 无法预测的语言检索。

为此，我们该如何做才好呢？本书的答案很简单，那就是改变场所，仅此而已。

检索词是由联想产生的。思考路径也没有变化。但是，如果输入的内容不同，即便思考路径相同，输出结果也会随之变化。想要扩大联想的网络（network），与其想得太多，不如改变联想发生的环境本身。同样的人，在不同的场所面对 Google，也会使用不同的语言进行检索。

于是，便在那里打开了与之前完全不同的世界。

因为，有多少个检索词，便存在多少个世界。

这本书或许看起来像一本励志书，其实是我有意写成这样的。但是，对于想要寻找自我的人来说，我想这本书就没有必要读了。

本来，想要寻找自我也没有必要读书，没有必要旅行，只要观察你的父母，或者是你出生的城镇、母校、好友，就可以了，全部的"你"都在那里。因为人是环境的产物。

正因如此，要想改变自己，只有变换环境。人无法抵抗环境，也不能改造环境。这样看来，只有变换环境（移动）。

道理很简单，但意外的是，很多人并未实践过，因为人们都过于信赖自己的能动性。假设你现在是一名中学生，想考上一所名牌大学——随便哪一所都行，姑且认为想去东京大学（以下简称"东大"——译者）吧。为此，最重要的是什么？是要读畅销参考书？是要上有名的预备校[1]？还是要改变生活习惯？

坦白地说，以上都不是。最有效的就是进入考取东大人数最多的高中。也就是说，要将自己置身于考上东大概率最高的环境之中。

众所周知，考取东大的学生中，应届生的比例很高，而且其中很多考生都出身于有名的"进学校"[2]，也就是说，

---

[1] "预备校"（予備校）专指应对各种考试的补课、预备学校。"预备校"在日本历史悠久，据说从明治维新时期就出现了这种以大学等高等教育入学考试为目标的补习机构，有名的"三大预备校"分别是骏台预备学校、河合塾和代代木讲习所。——译注（本书注释均为译者注，下同）

[2] 由于中日两国的大学入学考试制度不同，日语中的"进学校"（進学校）无法找到对应的汉语译文，故采用原文。另外，原文的进学校三个字也并未加引号，为了易于辨认其为专有名词，故在此打上引号。日语中，"进学校"一般是指毕业生进入以考上高难度大学（進学）为目标的初中或高中，不是一般意义上的升学率高，而特指升入高难度大学（比如东京大学、京都大学、大阪大学、早稻田大学、庆应义塾大学等日本顶尖级国立、私立大学）人数多的学校。

考取东大的多数学生都是从名校高中直接毕业的应届生，而非复读生。是因为那些名校高中的学生特别优秀吗？我并不否认这一点。但除此之外，我想说的是，因为周围的环境中还有很多将要考上或者已经考上的人，所以他们能够很容易地掌握考取东大的诀窍。

一旦身在名校高中，就不必再纠结于去哪个预备校、选用哪种参考书之类的问题，只要做好周围人做的事情就可以了。仅凭这一点，整个人就会变得相当轻松。只要掌握了"该怎样学习"的技巧，之后按部就班就可以了。

这也是我个人的经验。我毕业于某一所"进学校"。不管当时还是现在，这所学校有一半毕业生都是应届考上东大的，加上落榜的复读生人数，有三分之二的考生都考进了东大。这意味着，即使成绩偏下的考生最终也能进东大。但我并不认为他们在其他高中能成为班级中的尖子生，真正让他们考进东大的是他们身处的环境。

除了考学的例子外，其他事情同样可以这么说。我作为批评家，遇到过各种各样的人，既有大款，也有世界级的创作者。我时常在想，人是被环境造就的。与富翁交往，自然会知道怎么做才能赚钱，自己也会变成富翁；与创作者交往，自然会知道怎么做才能创作，自己也就会变成创作者。人基本上属于这类生物。尽管有一种例外被称为"天才"，但绝大多数人并非天才。

我们都是被环境所限定的，并不存在什么"独一无二的个人"。我们所思考的、所能想到的、所希求的事情，大致都可以从环境中预测出来。你，只不过是一个能从你身处的环境中预测出来的参数的集合体。

而且，很多人只有当"自己追求之事"与"从环境中预测出的自己要追求之事"一致时，才会平静而没有压力地生活。考上"进学校"的考生就是其中一例。这并不是什么坏事。再重复一遍，人就是这样一类物种。

但即便如此，很多人还是希望能把这仅有一次的人生活成独一无二的样子。人生若仅仅只是从环境统计中预测出来的，应该会觉得很厌烦吧。

这才是让人痛苦的最大矛盾所在。从外部看，我们每个人都只不过是环境的产物，而从内部看，每个人却都觉得自己是"独一无二的"。从哲学上来说，这就是"主观"与"客观"，或"存在"与"结构"的问题。借用近来流行的哲学词汇来说，就是"分子式"与"莫尔法式"（Mohr）的区别。我想，不必使用这些术语，其中的矛盾大家也都有所感受吧。

想要跨越这种矛盾——至少，想要装作跨越这种矛盾，有效的方法只有一个。

再重复一遍，那就是**有意识地变换环境**[1]。去赌变换环境之后，自身所思考的、所能想到的、所希求的东西发生变化的可能性；用自己的意志去破坏自己身处的环境，进而改变它；主动打破自己与环境的协调性；故意违背Google提供的检索词。

在环境所期待的自我之中，定期混入噪音。

实际上这些并不抽象，倒像是经管类书籍会讨论的那种实用性很强的话题。

20世纪70年代，美国社会学家马克·格兰诺维特（Mark Granovetter）提出了"弱纽带"（Weak Tie）[2]这一

---

[1] 文中着重均为原著所加，下文不再逐一说明。

[2] *Getting a Job: A Study of Contacts and Careers*，1998；中译本可参见《找工作：关系人与职业生涯的研究》，张文宏译，上海：华东师范大学出版社，2020年。

著名的概念。格兰诺维特以近 300 名当时居住在波士顿郊外的男性白领为对象，进行了一项调查。结果显示，其中很多人是利用人与人之间的连接找到工作的。而且，对工作满意度高的，不是那些靠职场领导或亲戚介绍找到工作的人，而是以"偶然在派对上认识"的"弱纽带"为契机而跳槽的人。比起深度人际关系，浅层人际关系更能使人抓住成功的机会。

乍一看，这个结果似乎令人诧异，但稍微思考一下就知道这是理所当然的。

请大家设想一下，假如你现在正在考虑找工作，你的好友和同事不仅知道你的现状，也了解你的性格和能力。这样一来，对你而言，他们只会给你介绍你可能会去的公司。

而"偶然在派对上认识的人"却对你一无所知。正由于此，他们才有可能给你介绍你完全未知的公司。这里虽然可能存在一些严重的误解，但也有可能让你发现连自己都不知道的适应能力。

在思考社会动态方面，这种"弱纽带"（弱い絆）是一个非常重要的概念，在最前沿的网络理论中经常被引用。

也就是说，为了充实人生，强纽带（強い絆）与弱纽带这两个方面都是必要的。

为了深入现在的你，强纽带是有必要的。

但仅仅这样的话，你就会一直被环境牵制着，变成一台只会对输入的内容进行输出的机器。为了跨越它而让你的人生成为独一无二的，弱纽带是不可或缺的。

在这个世界上，很多人认为现实中的人际关系是强纽带，网络则更适合建立浅而广的弱纽带，事实上却完全相反。

网络是一种不断使强纽带加强的媒介。请大家试着回想一下 mixi[1] 和 Facebook（脸书）。

弱纽带充满了噪音。格兰诺维特告诉我们，这种噪音正是一种机会。但是，现实中的网络却正在不断地开发消除这种噪音的技术。在如今的网络上，很难出现"在派对上偶然与人比邻而坐，就在一边觉得厌烦一边聊天的过程中，那些人却给自己介绍了某人"这样的状况了，因为一旦有一方觉得厌烦，就可以立即拉黑或静音。

---

[1] mixi 自 2004 年 2 月在日本上线后，经过数年成了日本最大的社交媒体之一，与绝大多数社交媒体一样，主要提供日记、站内消息、评论、相册等热门服务。

那么，我们应该去哪里寻找弱纽带和偶然的相遇呢？

正是现实。

是身体的移动，是旅行。

网络上没有噪音，所以在现实中加入噪音。有了**弱现实**，才能发挥网络的强大。

本书是以我 2012 年到 2013 年间在幻冬舍的杂志《星星峡》上连载的随笔为基础重新编写而成的。内容改动相当大，尤其是杂谈部分有大幅的删减，与连载时相比几乎可以说是完全不同的内容。

作为本书作者，我是首次尝试写作这种"以对哲学、评论等基本无兴趣的读者为假想阅读对象的书"。大家若能以类似于在酒局上听别人讲人生论的心情来轻松地阅读这本书，我将不胜欣喜，在此表示感谢。

1 去旅行：中国台湾/印度

若不去看就不会知道

2012 年秋，我的《动物化的后现代》这本书的繁体中文版要在中国台湾发行，于是我接受出版社的邀请，去了一趟台湾。

经常听说台湾人喜欢日本，但实际上并没有那么简单。

台湾有本省人与外省人的区别。本省人是从日本殖民统治时代就一直住在台湾的居民，而外省人是第二次世界大战后与国民党蒋介石一起从大陆过来的新台湾居民。这种对立始终规范着战后的台湾政治。虽然我早已知道这些事情，但这次去台湾才第一次了解到，说"喜欢日本亚文化"的基本上都是台湾的本省人，而外省人更讨厌日本。

实际上，我这次遇到的会说日语的，都不是台湾外省人，而是台湾本省人。他们从小就跟家人说日语，家里也放日语歌，自然就喜欢上了日本的流行文化。也就是说，在台湾，对日本情感的建立常常与家庭有关。这并不是我的独特发现。对于在台湾居住过的人来说，这些大概都是常识，在网络上随便一查就能知道。但对我而言，如果不是实地去了一趟台湾，就完全不知道这回事，也没有契机去查考。

此外，暑假我还去了一趟印度，是和妻子、女儿一起的家庭旅行。倒不是因为对印度有什么特别的情感，我和家人一起去过很多国家，春天去了加勒比海，在这之前还去了斯里兰卡、柬埔寨、迪拜……

在日本，一说"去印度"，似乎至今仍然带着某种特殊的回响，有人听到后会立马表现得兴趣盎然。其中最具有代表性的便是《地球的行走方式·印度篇》这本书。它是"地球的行走方式"（地球の步き方）系列中值得纪念的最早一册。因为这次要去印度，我随便翻看了一下，发现里面还残留着一种背包客文化的味道。翻开一页，上面赫然写着"去印度的话，不要预约酒店"，首先要将自己置身于拥挤的人群中，而印度之旅便从这里开始云云。然而，年过四十的我，倘若再挤进印度混乱嘈杂的环境中去找酒店，肯定会累垮身体的。况且要和家人一起去，那种情况是我完全无法想象的。

话题有点跑偏了，但和刚才提到的一样，都是"若不去看就不会知道，也没机会知道"一类的事情。

网上没写落地签的信息

实际上，这次去印度前，我忘记办签证了。因为日本护照非常强大，基本上去任何一个国家观光旅行都可以不用签证。而我习惯了这种状态的旅行，所以只预订了机票与酒店，却完全忘记了办签证这回事。出发前两天，我无意中用"印度 签证"上网查了一下，结果上面写着必须办签证，但那个时候再去大使馆办签证已经来不及了。

我被这种绝望感打击得差点大哭一场，不过继续在网上查找后发现好像有落地签这么一说，也就是到德里机场后，有一个可以当场拿到签证的秘诀。印度只给十几个国家发放落地签，而日本奇迹般地被列入其中。

然而，我用日语在网上搜索"印度 落地签"，基本上找不到任何相关信息。顿时，我感到了不安。因为旅行社也没有给我推荐这种落地签。寥寥无几的检索结果也都是背包客的日记，然后再读一下这些人写的博客，几乎全写着落地签很难拿到，在机场一等就是好几个小时，即使递交了所需的资料也会被工作人员拒斥，好不容易勉强通过已是第二天早上5点……这对于要和7岁女儿同行的我来说，太难了。经过10个小时的飞行，我们夫妻俩战战兢兢地走向了发放签证的柜台。

那么，实际情况又是怎样呢？从结论上来说，一下子就拿到了，审查也比较宽松。签发柜台前一共也没几个人，只有一位大叔和一位大妈在柜台里，似乎是看着旅客的脸现场决定给不给发放签证。因为桌上根本没放电脑，而没放电脑就意味着，他们无法通过网络检索游客的出国履历，只是用圆珠笔把护照号码抄在笔记本上。

那么，与网上所写的不同，为何我很快就能拿到签证呢？就结论而言，主要是因为酒店。在那里逗留期间，我们打算住在奥贝罗伊，一家五星级酒店。当我对那位工作人员大叔说出"我们打算住在奥贝罗伊"之后，他便像点赞一样竖起了大拇指，随后我问："签证呢？"他立刻回答说："没问题。"尽管印度大使馆的主页上写着，发放落地签需要回程机票与酒店住宿的证明，但实际上我只是说要住在奥贝罗伊，就通过了资料审查，并当场发放了签证。

从这个经验就可以知道，有关印度的信息是被网友的博客过滤掉了。总而言之，落地签对背包客是极其严格的。倘若你衣着整洁、干净利落，再说出"要住在高级酒店"的话，就能轻松地拿到签证。而网上之所以没有这样的信息，是因为关于印度旅行的事情只有背包客在写。

身在日本输入"喀拉拉邦"一词的可能性

这次旅行的主要目的是游览世界遗产，去了德里、阿格拉、斋浦尔三个拥有世界遗产的城市。我们既没有被淹没在拥挤的人群里，也没有去寻找自我，就乘坐一辆人力车在镇上转了一圈。但女儿真的很讨厌被牛粪、污水弄脏的道路，没办法，小孩都那样。

由于这次是休闲旅行，所以三天时间中有一天我们是在酒店度过的，让孩子在游泳池玩，我自己也不工作，就那么懒散地过上一天。当然，这种时候我会沉迷一下网络，在各种网站上查找有关印度的很多信息，最后找到了位于印度南部的喀拉拉邦（Kerala）。

说起这个喀拉拉邦，在日本基本上没有什么人知道它，我自己也完全不清楚，但好像是一个相当有趣的地方。这个邦的识字率高、婴幼儿死亡率低，属于印度最发达的地区。这里也是 IT（信息技术）的推广地带。据说此地接受了理查德·斯托曼（Richard Stallman）的建议，正在推广软件免费化的工程。这里还是面朝阿拉伯海的海滨度假胜地，有着很发达的旅游业，大约 3000 万人口。而且，值得一提的是，听说这里的共产党经常成为执政党。在全世界范围内，左翼政权能够如此顺利发展的地区并不多见，这里因而备受关注。

更有意思的是，这里的海岸线附近好像有特殊的岩层，所以自然辐射量很高。据说最高的地方一年有 20 毫西弗特左右，部分地区的双胞胎出生率也明显偏高。下一章会详细论述，近来，我正在做一个"福岛第一核电站观光地化计划"的项目,IT、左翼政权、观光、放射能这些关键词都引发了我的一些相关思考。

然而,最重要的是,我刚刚所说的内容其实都是用日语在网上随便一查就能知道的事,但我当时却不知道。我想大部分读者也都不知道。也就是说,不管网上公开了多少信息,如果不用特定的语言去检索的话,就无法获得。换句话说,想要得到喀拉拉邦的信息,就必须在搜索引擎中输入"喀拉拉邦"这一检索词。这就是网络的特性。那么,我又是通过何种途径找到"喀拉拉邦"这个检索词的呢?

那就是去印度。如果现实生活中没能去印度的话,我就不会有检索喀拉拉邦的机会,也许这一辈子都不会去查这个词。

在这里,我想说的是,网络无论如何都是需要现实的。

旅行改变的不是"自己"而是"检索词"

如今我们认为,可以通过网络搜索全世界的信息,与全世界都保持着联系。中国台湾也好，印度也罢，只要检索一下就什么都知道了。但实际上，根据我们身体所处环境的不同，检索的词语也会不同。在不同的欲望状态下，检索的词语会发生变化，所能看见的世界也会随之变化。反过来说，就算信息再泛滥，如果没有一种恰逢时宜的欲望，也是无济于事的。

现在日本年轻的一代——不，纵观所有日本人，对新信息的渴望变得越来越淡薄。看看 Yahoo（雅虎）上的新闻，看看 Twitter（推特）上的话题，大家基本上都是一个行为模式，净是查找一些相同的东西。最近也完全听不到"网上冲浪"这个词了。从一个网站跳到另外一个网站这样的随机动作也日渐消失。

我之所以经常去国外度假，是因为如果不脱离被日语环境所包围的生活，精神上就得不到休息，头脑也无法重启。只要待在日本国内，不管是去九州还是北海道，一旦踏入便利店，就会发现货架上的商品都一样。走进不同地区的书店，店里摆放的书也都一样。那样的环境真是令人窒息。

一旦跨越国境，不仅语言会发生变化，周围的符号环境，包括商品名和广告牌等等，也会随之发生翻天覆地的变化。所以，到了国外，即便同是上网，浏览的网站也会有所不同。最初一两天还会习惯性地浏览日本 Twitter 或"朝日新闻"的网站，但渐渐地这些东西全都变得无所谓了。于是，就会开始访问一些在日本绝对不会看的网站。改变身体的物理位置在摄取信息方面具有重大意义。

因此，在本书中，我想大声呼吁："年轻人啊，去旅行吧！"不是为了寻找自己，而是为了寻找新的检索词。**不是离开网络回到现实的旅行，而是为了更深入地潜入网络而进行的改变现实的旅行。**

在网上只能看到自己想看的

在日本，"战后经济高度发展期结束了，昭和时代结束了，冷战结束了，再也不会发生什么新鲜事了"的心情占据了主导地位。这就是被称为"无止境的日常"[1]的感

[1] 宫台真司，《活在无止境的日常——奥姆完全克服手册》(『終わりなき日常を生きろ——オウム完全克服マニュアル』)，筑摩文库，1998 年。

觉。即使发生了"3·11"大地震，这种心情依然很强烈，类似于"这个世界到处都一样，没有什么新鲜事""与其去国外，还不如买点DVD在房间看动画片比较好"的感觉。

我并不想对个人爱好指手画脚，但着实让我感到不妙的是，很多人都认为日本是最好的。年轻一代的论客中，为了肯定自己现在的生活而高谈阔论的人大受欢迎。但是，养老金在不久的将来就会枯竭，产业正濒临崩溃，地震也发生了，政治完全没有发挥任何作用。这样也能算是一个好国家？更遑论"最好"？

网络就是强化这种自我肯定情绪的媒介。以Twitter为代表的社交网络基本上都是免费的，所以聚集了很多没钱的年轻人。名人为了吸引这些"没钱的年轻人"的人气，就必须隐藏某些信息。他们会发一些"吃了牛肉盖饭""去了便利店"的图片或推文，却几乎不发"住了哪家酒店"的信息。他们很清楚，现在要想在网络上博得人气，就得宣传自己也是一个普通人。所以网络上出现的信息都是"我和大家一样穷，和大家一样忙"之类的，但那些都是虚构的。

Twitter上有很多腰缠万贯的经营者。关注他们的账号，就感觉好像接近了他们，但那只是幻想。再怎么关注他们每日的推文，其实也根本看不到他们拥有多少资产、开着什么牌子的车、过着怎样的生活等信息，而真实的信息并没有发在 Twitter 上。

所有人都说网上信息泛滥，但实际上完全不是这样的。相反，我们看不到重要的信息。是因为**在网上你只能看到自己想看的东西**，也因为大家只会在网上写自己想写的东西。

背包客只会写背包客看到的印度，有钱人只会发推文展示有钱人想要展示的自己。在日本检索信息，也就只能得到这样的结果。

如何超越这个界限，正是本书的主题。

2 成为观光客：福岛

为了向未来传达核电站事故的"观光地化"

2012 年 10 月 28—29 日，为了在当地举办一场研讨会，我去了一趟福岛县南相马市。

我出版发行的《思想地图 β》杂志将在下一期推出"福岛第一核电站观光地化计划"的特辑（之后于 2013 年秋发售）。这项计划的内容是想要把 25 年后的福岛第一核电站旧址变成观光地。那么，为什么是 25 年后呢？这与切尔诺贝利有关。切尔诺贝利是在 1986 年发生的核电站事故，25 年后是 2011 年，正好是东日本大地震发生的年份。

在日本，大多数人都不知道切尔诺贝利核电站的周边已经进行了除污染处理，游客也可以进去参观。切尔诺贝利以南约 130 公里处的乌克兰首都基辅，就有专门的旅游巴士，可以直达被称为"石棺"的引发事故的四号机附近。

我想福岛第一核电站将来也会出现同样的情况。从东京到福岛第一核电站大约有 220 公里，开车只要几个小时，极可能会有很多游客去福岛核电站的旧址参观。倘若如此，就不该这样对它放任不管，难道不应该从现在就开始考虑如何将其变成观光地、如何将事故的悲剧告诉未来吗？"福岛第一核电站观光地化计划"正是对切尔诺贝利参观项目的模仿，是基于"黑色旅游"这种概念形成的想法。

除我之外，参与的成员还有记者津田大介、IT 企业经营者清水亮、建筑师藤村龙至、艺术家梅泽和木、作家速水健朗、社会学者开沼博和观光学研究者井出明。我们邀请了不同领域、各具个性的人士连续举办了好几场研讨会。

现在就要开始考虑在事故旧址上建造什么

作为其中的活动之一，我们召开了这次研讨会。在年轻的南相马市议员的协助下，我们召集了当地 20—30 岁的医生与一些经营者，以"我们为25年后的福岛制订计划，大家对此有什么想法"为主题交换了一些意见。

我们提议在南相马，或者更靠近东京的岩城，建立一个游客中心。这里不仅是聚集游客前往核电站事故遗址的巴士旅游的起点站，还要设立向后世解说核电站事故的博物馆，以及学习除核污染技术的研修设施、事故纪念碑等，使之成为具有象征性的场所。给孩子们建造一所介绍描写原子能未来作品的科幻馆也蛮不错。我们的设想是从核电站旧址出发，乘坐巴士游览30分钟至1小时，配发辐射测量仪，使游客在严密的管理下能够安全地参观事故旧址。再加上智能手机的话，或许还可以启动专用软件，通过AR模拟技术体验事故发生后的混乱场景。

这个计划的原型之一是位于美国佛罗里达的NASA肯尼迪航天中心。肯尼迪航天中心的游客中心离航天飞机起落点较远，路上要乘坐巴士。那里不仅有纪念在事故中丧生的宇航员纪念碑，同时也有博物馆、IMAX影院等完善的设施，本身就是一种游乐园。不过遗憾的是，我还没有去过，但据说当地每年都能吸引150万名游客，作为观光设施获得了巨大的成功。

距离福岛第一核电站事故发生才过去一年半[1]，现在考虑遗址利用的问题或许还为时尚早。但是我认为，在那块遗址上建什么，是标识着日本今后发展方向的试金石。

当你不再只用日语检索

在推进观光地化计划的过程中，我遇到了各种各样的检索词，也再次遭遇了检索的局限性。

大家应该都还记得苏门答腊岛近海的地震吧。2004年12月，以苏门答腊岛附近海域为震源地，印度尼西亚发生了9.1级的地震。普吉岛、斯里兰卡、南印度等整个印度洋都受到相当大的损害。其中，位于苏门答腊岛北端、震源附近的印度尼西亚的亚齐特区，遭受了毁灭性的破坏。为了不忘记这一悲剧的发生，人们在首府班达亚齐建造了一个叫"亚齐海啸博物馆"的大型设施。据说这个博物馆的建造有日本人参与，吸取了在阪神－淡路大地震中所积

---

[1] 本书大致写作于 2012 年下半年。

累的经验。这种如何留下并讲述灾难记忆的档案化方法，已经跨越了国界。亚齐海啸博物馆馆长在地震灾难后也曾前来日本访问。

但是，恐怕大部分人不知道的是，东日本大地震时海啸的破坏是最严重的，当我们考虑如何将这段记忆传达给后代时，亚齐海啸博物馆成了参考模板。这座博物馆也与日本人有关，而我们却几乎没听说过。福岛与切尔诺贝利，日本东北地区与苏门答腊，都有着同样的问题，明明可以学到很多，日本人自己却没有意识到这一点。

接触到这些事例之后，我意识到重要的是不能只用日语检索。用日语检索班达亚齐的海啸博物馆，几乎找不到任何信息。然而，只要输入"Aceh Tsunami Museum"，风景便会完全不同。倒不是因为是用英语，更重要的是用字母来检索。

比如"福岛"，一旦用"Fukushima"来检索的话，就能找到福岛县厅政府的英文官方网站。令人惊讶的是，现在地震灾害已经过去一年半了，而网站首页上几乎没有任何关于放射能的信息，除了在很不起眼的地方有个关于辐射量测量值的链接（2014年夏天时，还没有独立的英文页面，只是设定为直接跳转到 Google 的自动翻译页面）。当然，日文网站就不一样了。一打开首页，"震灾""复兴""放射能"等字眼立刻映入眼帘，上面有很多图片，内容也相当丰富。最上面还有一句话："感谢国内外人士给予的大力支持。"但在英文网页中，这些重要信息完全没有被传递出来。

这个事态相当严峻。希望大家能站在外国人的立场上思考一下，检索"Fukushima"，Google 中出现的关联词是"radiation"（放射能）、"nuclear disaster"（原子能灾害）这样的词语。罗马字母"Fukushima"就是与这些词汇放在一起供全世界人检索的。这是事实，并不是说"风评被害"就能解决的事情。日本人必须接受这一现实，并在此基础上向世界传递这些信息。现在不是对片假名所标记的"フクシマ"（福岛）表示歧视的时候。即便只为了了解这一点，也应该偶尔用日语以外的语言进行检索。

关于福岛，人们经常会谈及它与东京之间的差距。而关键问题是，亚齐省同样不是印度尼西亚的中心。

如同萨摩之于日本，亚齐是在印度尼西亚作为现代国家统一时发挥过重要作用的地区。然而，印度尼西亚却是以爪哇岛即雅加达为中心建立起来的。也就是说，亚齐认为自己才应该是印度尼西亚独立的中心，却在不知不觉中被边缘化了。因为有着这样曲折的历史，所以亚齐一直与爪哇对立，但苏门答腊岛近海发生的地震反而成了缓和这种对立的契机。现在，当地也通过观光的力量逐步复兴，我想这可以成为日本东北复兴的参考。我还没有去过那里，不过，近期想去实地考察一下。

工作需要适当的检索能力

2012 年 12 月，亚历山大·索库洛夫（Alexander So-kurov）执导的纪录片《对话索尔仁尼琴》在日本上映，我受邀作为嘉宾参加了映后对谈。身为批评家的我，出道的第一部作品就是《试论索尔尼尼琴》[1]，是一篇以苏联反体制作家为主题的文章。大学期间，我也学过一点俄语。

---

[1]《试论索尔仁尼琴——概率的触感》(ソルジェニーツィン試論——確率の手触り), 1991/1993), 收录于《邮政式的不安》(『郵便的不安たち』), 朝日新闻社, 1997 年, 第 71—96 页。

在这样的机缘巧合下，我结识了俄罗斯戏剧研究者上田洋子。活动结束后，我告诉她我想去切尔诺贝利采访，她说可以帮我负责调研与翻译。于是，我邀请她参加了我们的研讨会。

那可真是一次令人瞠目结舌的体验。此前，我们的工作人员对切尔诺贝利进行了相当多的调研，但仅凭日语与英语，甚至连"前往切尔诺贝利的游客人数变化"这样的基础信息都查不到。而当我在会上询问上田洋子时，她立刻就在我眼前上网查询，说是"在俄语维基百科上都可以查到"。竟然是维基百科啊！我们居然连这些信息都没看到。一事知万，就这样，在短短不到一个小时的会议上，我们就得到了比之前两个月时间里工作人员收集到的多好几倍的信息。检索原本就需要搜索的一方输入合适的检索词才能发挥作用，而且那也是有局限的。这次体验让我重新认识到这一点。

或许你会想，用自动翻译就好了。确实如此，现在自动翻译的准确率已经相当高了。所以，只要找到合适的俄语网页，就可以通过 Google 翻译来阅读。但问题是，究竟如何才能找到自己需要的那一页呢？要做到这一点，既

不能用日语片假名"チェルノブイリ"（切尔诺贝利），也不能用英文单词"Chernobyl"，而是需要输入基里尔文字"Чернобыль"，才能够找到相应的检索页面窗口。

依靠自动翻译是很难检索到的。不过，切尔诺贝利是个专有名词，或许还可行。但是如何选择检索词原本就相当微妙。在日语中，有时也会因为语感的细微差异，出现这个词能查到但其他同义词就不一定能查到的情况。而且，即使检索词转换很顺利，之后也会出现从结果一览表中该选择哪个页面这样的问题。语言的障碍在被动的"阅读"方面或许正在逐渐降低，但在主动的"寻找"方面程度还是很高的。

同时，我也感受到，现在所有需要的信息在网上都可以公开获取。关于切尔诺贝利采访的"能否安排这样的路线""想详细了解这个人物"等大部分问题，都能在网上找到答案。因为乌克兰人也在玩Facebook，所以不用委托中间人也可以直接取得联系。像这种特殊的采访旅行，如果放在过去，是需要委托拥有专业知识与经验的人做中介的。但现在，适当的检索才是最重要的。上田洋子既不是原子能专家，也不是乌克兰专家，只要拥有检索能力就足够了。

换句话说，如今，比起特殊经验和知识，**如何根据顾客的要求进行适当检索**这种能力，在商业活动中变得更为重要了。正因为如此，我们需要不断地获取新的检索词。

轻浮且不用负责的"观光客型生活方式"

本书的一个主题是"网络检索"，另一个则是"旅行"，而且是观光之旅。

观光，是一个受人诟病的词语。我的"福岛第一核电站观光地化计划"也经常因此被大家误解。

但是，观光真的有那么糟糕吗？观光确实很轻浮，只是经过观光地而已。但我想，正是因为如此"轻浮"，才有可能做到一些事。社会学家迪恩·麦坎内尔（Dean MacCannell）认为，观光具有统合已经分化为各种阶层的现代社会的意义（《旅游者》[1]）。人一旦成为观光客，就会去一些平时绝不会去的地方，遇到一些平时绝不会遇到的

---

[1]　*The Tourist: A New Theory of the Leisure Class*，2012；中译本可参见《旅游者：休闲阶层新论》，张晓萍等译，桂林：广西师范大学出版社，2008 年。

人。比如去巴黎，平时连家门口的美术馆都不去的人也会"因为机会难得"就去了卢浮宫博物馆。这样蛮好的。如果不是美术爱好者就不能去美术馆，那也太死板了。

观光客是不用负责任的。但有些事正因为不用负责任才能做到，也有一些信息是只有容忍不负责任才能扩散开的。请大家回想一下本书"序言"中关于弱纽带的话题，正是这种不用负责任的人的不负责任的发言，才能为大家打开未来。

我一直在想，为了将核电站事故的记忆传承给后世，确实需要这样的"轻浮"和"不负责任"。福岛的问题很严重。所以，一旦要求大家好好参与，大家都会退缩，便不会去灾区，然后就慢慢忘记了。而我的想法是，与其这样，还不如让观光客参观一下事故旧址，哪怕是"轻浮""不负责任"，多少也能让人们对事故有所思考。

日本人喜欢"村民"，超级喜欢待在一个地方一直努力的人。但我想做一名"旅人"。不，我更想成为一名"观光客"。

一直做旅人也很辛苦，这个必须要有心理准备。若非年轻人，是无法成为背包客在印度流浪的。换句话说，这并不是一种可持续的生活方式。所以我想，穿梭于旅人与村民之间是最自然的，而观光正表达着这种往返之意。

在社会上，人生论大致可以分为两种。一种是待在一个地方，重视现有的人际关系，通过加深社交圈而获得成功；另一种是不待在一个地方，不断变换环境，看到更广阔的世界而获得成功。**这就是村民型与旅人型**，但其实这两种生活方式都很狭隘。

因此，我想推荐的是第三种，**观光客型**的生活方式。

不要忘记自己是村民，把旅游当作扩大自己世界的噪音，但同时不要对旅游抱有过高的期待（更不要寻找自我！），而要将其当作扩大自身检索词的经验，冷静地对待。如果 25 年后的游客来到福岛，能够检索之前从未检索过的"原子能"和"放射能"的话，那么"福岛第一核电站观光地化计划"就是成功的。

检索就是一种旅行。我们浏览检索结果一览表的视线，难道不像是观光客的视线吗？

3　去触摸物：奥斯威辛

数天就能环游世界的时代

最近，我偶然间发现了一本名为《5 天假期就能去！绝景秘境之旅》[1]（以下简称《5 天》）的书。这本书相当有趣，其理念跟书名一样，是一本可以轻松进入秘境的旅游指南。书中还介绍了很早以前我就想去的也门索科特拉岛。

话虽如此，由于去索科特拉岛的交通相当不便，我就纳闷怎么能做到在 5 天之内往返呢。读了一下发现，果然得花 8 天时间。仔细一看，书最后还写着"本书也收录了花费 6 天以上假期的旅行"。由此可见，书名有点夸大其

---

[1] 『5 日間の休みで行けちゃう！絶景・秘境への旅』，A-Works，2012 年。

词的广告嫌疑。顺便一提，索科特拉岛是以其独特的生态系统而广为人知的，也因一丛一丛地生长着高达 10 米以上的蘑菇形状的树木而闻名。请大家一定去网上搜索一下图片。

《5 天》这本书的策划制作人是高桥步。被称为"自由人"的高桥步曾经周游世界各地，甚至在冲绳建立了年轻人的公社（commune），是一个寻找自我的领袖人物。速水健朗在《永不停止地寻找自我》[1]中对此也有详细的论述。《5 天》的出版社是高桥步自己的公司，还出版过介绍名流系豪华旅行的《Wonderful World》一书，也很值得推荐。总之，寻找自我的领袖人物不知不觉地开始做介绍海外度假的书了。

在《5 天》的序言中，高桥步写道："如今，连接世界的移动手段在质与量上都不断发展，只需 5 天假期与合理的旅费，就能去如此厉害的地方，我们就生活在这样一个时代"。这是一个重要的认识。在日本，有一种心情支配着我们，认为没必要勉强去做什么海外旅行，只要有

---

[1] 『自分探しが止まらない』，SB Creative，2008 年。

Google 街景就足够了。而现实是，机票价格急速下降，新兴国家的观光地化也在不断发展。现在，但凡有几天假期，无论是马来西亚的洞穴，还是纳米比亚的沙漠，都能轻松地去旅行。这是一个划时代的变化。

"去"某个地方的经验

说起旅行，曾几何时，克服苦难、探索秘境，在这个过程中重新审视自己的背包客旅行方式，成了一种规范。但现在，寻找自我的领袖人物却将这本观光地介绍书推到了市面上。我想，高桥步的这种变化，也反映出时代对旅行的期待在改变。

一说起现在一家人也能一起去秘境，就有人说那样根本算不上探索秘境。但是，搭顺风车、住青年旅馆这样的旅行，本来就是以年轻、健康的单身男性为标准的旅行方式。寻找自我之旅，若无旺盛的精力是无法进行探索的。诚然，观光地化可能会使秘境失去原来的韵味，但对于很多孩子、老年人和残障人士来说，若不这样的话，肯定是去不了的。在这个意义上，观光地化是一件特别好的事情。

也有人认为，观光只是触摸事物的表层而已，若仅仅只是为了观光，那还不如不去。我认为这种说法是不对的。即便只是触摸一下表层，只要"去"了某个地方，有时就会给我们带来决定性的体验。我还是学生时，就在参观奥斯威辛的过程中感受到这一点。

触摸奥斯威辛表层的强烈体验

我去波兰的奥斯威辛（Oświęcim）是在 20 世纪 90 年代中期。当时，冷战造成的东西分裂痕迹还很明显。最让我惊讶的是，英语在波兰完全不通用。不是基本会话的障碍，而是对方竟然连 One、Two、Three 都听不懂。我还记得自己用生涩的俄语艰难地与民宿阿姨交流的情景。

然后，再来说一说奥斯威辛。因为是将近 20 年前的事情，现在情况应该已经大不相同了，我就以个人的体验来聊一聊。奥斯威辛有第一集中营和第二集中营，第二集中营被称为"比克瑙集中营"（如图 1 所示）。

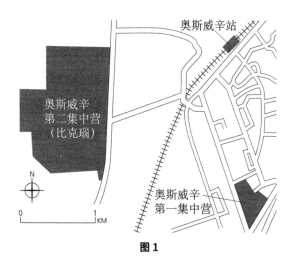

图中文字：
奥斯威辛站
奥斯威辛
第二集中营
（比克瑙）
N
0　　　　1
KM
奥斯威辛
第一集中营

图1

　　第一集中营入口处的大门上，挂着斯蒂芬·斯皮尔伯格执导的电影《辛德勒的名单》中曾出现过的牌子，上面写着"ARBEIT MACHT FREI"（劳动带来自由）。院内有一排砖砌的收容大楼，当时根据收容者出身国家的不同布置成了展厅（不知道现在怎样了）。有德国厅、法国厅、挪威厅、波兰厅等，陈设着各国抵抗纳粹暴行事迹的爱国主义性质的展览。这个"国别展"令我很吃惊。观光巴士一辆接一辆地驶往收容不同国籍人士的展厅，甚至有一种类似于主题公园的气氛。

　　而第二集中营（比克瑙）给人的印象完全不同。第二集中营距离第一集中营有点远，当时要去那儿还得乘出租车，但确实有参观的价值。比克瑙比第一集中营大得多，是被称为"灭绝收容所"的特别收容所。它设立的目的并不是关押政治犯和强制劳动犯，而是为了以巨大的毒气室与通往毒气室的铁路为中心，更有效地杀死犹太人。我去的时候，面向游客的设施尚未完善，还是一片荒野。在入口处，也只拿到一张同时用德语和波兰语标注的破烂不堪的导览图。我就靠它在方圆一公里的土地上转了一圈。

大量的犹太人在这里被杀。我去的时候，在焚尸炉周围的地面上轻轻一挖，就能发现人的尸骨。是真的。太阳西斜，天色变暗，我徘徊于树林间，发现了一个写着德语的小牌子，好像是"在此，纳粹用犹太人的脂肪制造出肥皂"。我一边读着，一边往对面看，只见那里有一个巨大的圆形水槽。这种气氛真是令人难以言表。"死亡"赤裸裸地被展现出来，给人一种异样的感觉。我不相信超自然，但很想用"地缚灵"[1]这个词来形容这种感觉。这不仅成了我一生中难以忘记的体验，也对我日后的工作产生了

---

[1] 地缚灵是指人或其他物体死后活动范围有地域限制，即被束缚在该地的亡灵，多有怨念不化，因而成为恶灵，经常出现在日本动漫里。

重大的影响。

但我要说的是，我也绝不认为那是一种超越了"触摸表层"的特别体验。我只是一名手拿《地球的行走方式》，乘坐从克拉科夫出发的巴士前往那里的观光客而已，既没有雇用特别的导游，也没有与当地居民交流。在奥斯威辛逗留的几个小时，我只不过"触摸了表层"而已，但即便如此，还是比读了几十本关于奥斯威辛的书感受更为强烈。

为了将无法用语言表达的事物转化为语言的体验

参观奥斯威辛的时候，我还是东京大学驹场校区表象文化论专业的一名在读研究生。所谓表象文化论，简单地说，主要是对绘画、电影、文学、建筑等"符号结构"进行分析的一门学科。

表象文化论中经常会提到"再现／表征的不可能性"[1]

---

[1] 原文为"表象不可能性"。日语中"表象"一词对应的英文是 representation，常常被翻译为再现或表征，但由于这两个词语在汉语中也有细微的差别，故而在此将两者都保留。

这一问题。像灾难、战争等，由于过于深刻与复杂，仅仅用语言记录下来或写成故事来表达，都无法传达其本质。战后欧洲思想家们在对第二次世界大战的反思中，提出了这样的概念。大家经常举出的例子就是纳粹德国的犹太人大屠杀（the Holocaust）。大屠杀是"能够再现/表征"（可以用语言表达）的吗？这是战后欧洲哲学的一大主题。

东日本大地震之后，我对核电站事故产生浓厚的兴趣，也是受到表象文化论这门学科的影响。不过，尽管大屠杀与核电站事故都是巨大的悲剧，但这两者之间有着很大的差异。大屠杀中存在着明确的加害与被害的关系，而在切尔诺贝利和福岛核事故中，我们很难证明放射能与健康受到损害之间的因果关系，其结果就变成在统计学上的解释。实际上，即使在事故过去了四分之一世纪的今天，关于切尔诺贝利事故的死亡人数仍然是众说纷纭，而福岛今后也将长期处于这种混乱之中。

但是，不管因果关系如何，肯定有很多人因核电站事故而受到伤害，甚至被剥夺了日常生活的场所。将这种"无法用科学性的语言表达"的痛苦转化为语言，也是哲学的一种功能。如同欧洲知识分子们曾经尽力地表达奥斯威辛这种再现／表征不可能的体验一样，也就是把"无法用语言表达的体验"用语言表达出来。既然遭遇了福岛第一核电站事故这样的大事件，尽管是偶发事件，我想我们也要承担同样的责任。

将无法用语言表达的事物用语言表达出来。为此，最重要的首先是体验那些无法用语言表达出来的事件，也就是"去现场"。而且，为了让尽可能多的人来参观，"观光地化"是必不可少的一种方式。

我能去奥斯威辛，是因为那里已成为观光地，从克拉科夫有定点定时出发的巴士。这是一个至关重要的事实，忘记这一点，讨论体验奥斯威辛毫无意义。所以我认为，虽然变成观光地确实有可能导致奥斯威辛"真正了不起的地方"消失，但还是应该将其观光地化。无论成为多么恶俗的观光地，终究还是会留下一片片悲剧的痕迹，而这一片片的痕迹足以改变一个人的人生。这样的想法促成了将福岛第一核电站也"观光地化"的提案。

世界上存在无法被符号化的事实

网络是一个由符号构成的世界。不单指文字，使用声音、影像的情况也是一样，网络最终不过是由人类创造的符号构成的。**网络上，只有人们想要上传的东西，没有**"再现／表征不可能之物"。

话虽如此，这并不是说网络毫无意义，也不是说真正重要的东西无法用语言传达。不管怎么说，我们都必须依赖网络和语言。重要的不是舍弃语言，**而是努力地将无法用语言表达的事物变成语言**。用本书的话来说，就是经常使用不同的检索词来检索。

当我们苦苦思索如何把无法用语言表达的事物变成语言时，语言就会以略微偏离它本来意图的方式传达出来。借用哲学的说法，就是"误配"。通过这种误配，我们虽然不能知道无法用语言表达的那个事物本身，却可以知道这个世界上存在着这种用语言无法表达事物的事实。总之，在使用符号的同时，不要忘记这个世界上还有不能成为符号之物，对此要心存敬畏。

例如，现在在日本，"在特会"（不允许外国人享有在日特权的市民组织）的仇恨言论成为话题。他们满不在乎地说"杀了韩国人"一类的话。正如安田浩一在《网络与爱国》[1]中指出的，"在特会"是通过网络迅速壮大势力的政治团体。"杀"这样的词语之所以能够如此轻描淡写地在网上使用，是因为网络是符号的世界。他们真的能对非符号意义上的、真实存在的人说"你就应该去死"吗？

寻找检索词之旅，就是指将无法用语言表达的事物变成语言、丰富检索结果的旅行。想要达到这个目的，我想不必做背包客，单是观光也足够了。不，毋宁说，正是在全世界都开始成为观光地的今天，每个人才更应该去各个地方的"秘境"看一看。

---

[1] 『ネットと愛国』，讲谈社，2015 年。

4 生产欲望：切尔诺贝利

第一次了解到切尔诺贝利的日常

2013 年 4 月的某一周，我与津田大介、开沼博三人一起去切尔诺贝利进行了实地考察。

正如前面多次提到的，我正在启动一个叫"福岛第一核电站观光地化计划"的大项目。于是，为了了解发生核电站事故的"前辈"切尔诺贝利的现状，我们考察了乌克兰，实地参加了核电站周边的观光旅行，拍了一些"观光照片"，还采访了政府及旅行社的相关工作人员，最终将这一研究成果总结在《切尔诺贝利黑色旅游指南》[1]一书中。

---

[1] 东浩纪（著、编）、津田大介、速水健朗、井出明、新津保建秀、上田洋子，『チェルノブイリ・ダークツーリズム・ガイド』，言论出版社，2013 年。

在实地考察中，我们有各种各样的惊喜和发现。其中最令人惊讶的是，切尔诺贝利市至今仍然是很多人"日常生活"的地方。实际上，切尔诺贝利市中心距离核电站发生地只有 15 公里左右，而距离核电站 30 公里的地带至今还被称为"禁区"（zone），未经许可不得进入，也不允许居住。而切尔诺贝利市也算被包含在这一"禁区"中。

话虽如此，要说这种无人区是否在扩大，却也并非如此。切尔诺贝利市只是没有居民而已，但还有政府机关、研究所、食堂、公交车站，车来车往。这是为什么呢？细想一下，也是理所当然的，因为事故处理与除核污染都需要工作人员，他们也都需要基础的生活设施。

说起来，切尔诺贝利核电站如今虽然不再发电了，但仍然被当作输电所继续使用，站内大约有 3000 名工作人员，数量可谓不少。如果大家被"切尔诺贝利"这个符号束缚的话，就看不到今天这样的现实了。

虽然这次只是短暂的停留，但我们在切尔诺贝利看到了在那里工作的是什么样的人，他们吃什么样的饭，买什么样的东西。光是听到"切尔诺贝利的工作人员"，人们会联想到那些身穿防护服的人露出悲壮的表情而被迫进行苦役劳动的样子。或许听到"福一（即福岛第一核电站——译者）的工作人员"也会有同样的联想。但实际上并非如此。切尔诺贝利核电站内的氛围非常明朗。要想避免不切实际的想象，最快的方法就是去当地看一看实际状况。我想，受到福岛第一核电站事故影响的日本人都应该去参观一下切尔诺贝利。

顺便说一下，切尔诺贝利禁止进入的区域内放射线量非常低，与东京大致一样。尽管数据可以有多种多样的解释，但这是事实。

不是提供信息，而是需要加入感情

这次实地考察给我留下深刻印象的是，虽然大家对放射能和原子能的看法各不相同，但乌克兰人都有一个相同的观点，那就是关于切尔诺贝利核电站事故的记忆正在风化。只要能阻止这种风化，不管是通过游戏也好，电影也罢，都无所谓，当然也欢迎游客前来参观。

切尔诺贝利核电站事故已被载入世界史册。但即便如此，过了 25 年也会"风化"至此。在基辅市内的切尔诺贝利博物馆，主策展人安娜·卡拉列夫斯卡（Anna Crolevska）告诉我们，切尔诺贝利博物馆的参观人数逐年下降，为此甚至有了将其改造成综合性灾害博物馆的构想，但因为发生了福岛事故，这个重组计划就被搁置了。

如今的日本，这种事故的风化可能还难以想象。即使现在呼吁有风化的危险，大家也不认为自己会忘记福岛。非但如此，有人说它的伤口还很鲜活，尽量不要触碰。但是，对福岛的记忆总有一天会风化的，即使 25 年后可能连废炉工作都还没有开始，记忆还是会逐渐风化，切尔诺贝利正在面临这种状况。我想福岛迟早也要直面如何抵抗遗忘这一问题。

正因为如此，我才提倡观光地化计划。对我而言，切尔诺贝利事件具有很大的参考价值。比如，在切尔诺贝利博物馆中，设计师基于其主观感受向我们展示了各种各样具有文学性的、艺术性的资料及相关信息，如同艺术作品一样（图 2）。这与在日本常见的尽量将客观、科学的资料中立地加以展示的手法完全不同，以我这个日本人的观感来看，与其说是参观历史博物馆，不如说像是在观看美术展。

图 2

我询问了主设计师阿纳托利·海达玛卡（Anatoly Gaidamaka），这种展陈方式是否合适。他回答说，展览应该加入主观感情。海达玛卡好像还参观过广岛和平纪念资料馆。他认为，没有感情的客观展示无法传达对事件的记忆。

这里包含了一个重要的启示。当然，日本与乌克兰在民族性与文化上存在差异，我们也不能简单地采用切尔诺贝利博物馆的方法。但是，如果要在日本建造同样的博物馆，我眼前会浮现出这样的情景：在雪白的墙壁上贴上各种图表、地图等，再用图板进行说明，还会摆出电脑便于人们浏览大量的影像数据……但是这样真的就可以了吗？

这样会有游客前来参观吗？考虑到这一点，我们应该记得还有切尔诺贝利博物馆那样的展陈方法。

无论罗列出多么客观的信息，如果没有人看，就毫无意义。切尔诺贝利博物馆向我们传达出的思想便是：**不仅需要提供信息，还需要加入感情**。这与本书的主题息息相关。

为了让人产生欲望的"观光地化"

在今后的社会中，记忆存储的容量限制将会在实质上消失，所有的东西都将被数字化，可以无限存储。公共机构今后想必也会日趋开放，从会议记录到内部资料无所不有，庞大的数据都会被公开。只要有兴趣，任何人都可以获取各种信息。

但是如此一来，这些信息"真的能被看到吗"就成了一个问题。与报刊、电视不同，网络信息并不是自然传送过来的。为了找到目标信息，首先必须输入检索词，必须要有想看那个信息的欲望。如果没有人对公开的信息产生欲望，那么无论怎样公开数据库都毫无意义。在所有信息都存储在网上的时代，重要的问题并不是信息公开与否，而是如何唤起"检索的欲望"。

比如，现在访问东京电力公司的网站，可以下载一些关于废炉作业的路线图。网站上传了大量的 PDF 文件，但若不认真检索的话，就有可能找不到想看的文件。当然，尽管如此，一些专家和活动家应该能够找出这些文件，也会仔细阅读其内容。但这真的就算"公开"了吗？难道不是普通市民开始关注并接触的时候，才算是真正的信息公开吗？今后的信息公开，不仅要让人们获取信息，还需要"让人们产生获取信息的欲望"。

在"福岛第一核电站观光地化计划"中，我选择了"观光"这个强硬的词，也是为了首先引起人们的关注。如果名称用"**保留核电站事故记忆的项目**"会如何？没有人会批评你，但也没有人会关注你。正因为如此，明知会被指责，我还是坚持使用"观光"这个词。

移动中才充满欲望

对信息的欲望，与身体有着深刻的关系。这里就出现了本书的主题——旅行。

信息不仅要被公开，而且要有人对其产生欲望。那么，如何让人产生欲望呢？为此，我想最好的方式就是"约束"（拘束）身体。

约束身体，这个词组可能会让人大吃一惊，其实很简单。比如，我们去切尔诺贝利，路程很辛苦。从日本到乌克兰没有直飞航班，好不容易到了基辅，还要从那里坐两个小时巴士才能到切尔诺贝利。但是，这个移动时间绝不是徒劳无益的。因为在这个行程中，人们会思考很多事情。

这个"移动时间"才是旅行的本质。如果这次切尔诺贝利之旅是通过虚拟现实来体验，会怎么样？待在家里就可以游览切尔诺贝利，可以了解到现在工作人员的生活状况，还可以看到事故后遗留的伤痕。实际上，切尔诺贝利核电站的照片在网上随处可见，不仅有博物馆内部的照片，还有 Google 街景。即使去了当地，看到的也只是和照片上一样的风景。我想在虚拟现实中，也能充分地获得这些信息。

但两者之间还是有什么不同点。不同的不是信息，而是**时间**。在虚拟现实中进行考察，只要说"好，结束了"，然后关闭浏览器，就能马上回到日常生活中。这样一来，思考就会停止。

然而，现实中是没那么容易从基辅返回日本的，所以，在路上的时间就会让人思考很多。而且，正是在这段空闲时间里，关于切尔诺贝利的信息才能渗入心底，而后萌生出检索新词的欲望。如果通过虚拟现实来收集这些信息，然后立马回到日常生活中，就没有时间产生新的欲望了。

将身体"约束"在非日常生活中一段时间，然后，慢慢等待新欲望的萌生。这才是旅行的目的，而目的地所拥有的"信息"反而不重要。

"Tourism"（观光）的词源是宗教中的圣地巡礼（tour）。原本巡礼者事先就知道目的地有什么。尽管如此，在花时间环游目的地的途中，是能够认真地、不断深入地思考的。观光（巡礼）是为了确保这个时间而存在的。**在旅途中不必接触新的信息，而应该邂逅新的欲望。**

如今，信息本身已非稀有财产。世界上的大部分地方，几乎都能通过照片和纪录影像了解。尽管如此，我们还要去旅行，是为了用感情给"已经知道的信息"重新贴上标签。认为没有必要去国外旅行、用 Google 街景浏览照片就足够的人，正是忽略了这一点。

信息可以无限复制，而时间却无法复制。欲望也无法复制。在信息能够无限存储、能够链接到世界任何地方的今天，无法复制的只有旅行。

5　感受怜悯：韩国

"个人"与"国民"既背离又共存

我第一次出国（除去没有记忆的幼年时期）是在 1991 年，与朋友两个人一起去了韩国旅行。选择韩国，一方面是因为距离与费用都适中，另一方面也是因为对第二次世界大战的历史遗迹感兴趣。

韩国民主化是在 1987 年，汉城奥运会是在第二年，1988 年。当时的韩国经济还处于发展中，不像现在这么富裕。街道虽然跟日本很像，但整体上很老旧，到处都立着反日的石碑。我还去参观了暗杀伊藤博文的安重根的纪念馆。在日本看来，他不过是个恐怖分子，在韩国却被认为是国民英雄。如今这在网上都已经是常识了，但在 1991

年那会儿，韩国的"反日教育"在日本还完全没有成为话题，我受到很大的震撼。

而最令我震惊的是，在距离东京只有两三个小时飞机路程的地方，生活着历史观与我们完全不同的同龄人，我却对此一无所知。

我们是两个学生结伴而行，在旅途中认识了很多人，其中有几个至今还保持着书信往来。在这样的交流中，明明都还只是高中生或大学生，有时会突然聊起征兵制之类的话题。就这样，大家的相同之处与不同之处就像马赛克一样交织在一起，给我留下了深刻的印象。**"作为个人能够相互理解"与"作为国民不能相互理解"既背离又共存的感觉**，对我日后的工作产生了决定性的影响。

比起语言，更想注重"物"

在这一章，我想讲一点哲学方面的内容。不习惯的读者可以跳过，直接进入下一章即可。

信息技术革命使人们获取信息的能力得到了大幅度的

提升。但是，要想在搜索引擎中输入合适的检索词，就不能把自己关在房间里一个劲儿地上网，必须移动身体。这一悖论就是本书的主题。

如果再抽象一点说，这就是"语言"与"物"之间的关系。法国哲学家米歇尔·福柯（Michel Foucault）有一部著作《词与物》[1]，指出人类的现实主要由语言与物构成。

有些人认为物的世界很重要，"人还是应该直接去看各种各样的东西，与他人面对面地交流"。与此相对，也有些人认为语言才是最重要的，"人类的现实都是由语言构成的，所以没有必要考虑语言的外部，与他人的对话归根结底也是语言"。

社会上的普通人中，想必是物质至上主义者居多，但20世纪的现代思想却是以语言至上主义者为中心发展起来的。而且，从结果上看，这是一种接近于网络用户的世界观。一切都是信息，一切都是语言，不需要现实。

但我的立场是，在语言才是最重要的这种现代式思

---

[1] *Les Mots et les choses*，1966；中译本可参见《词与物：人文知识的考古学（修订译本）》，莫伟民译，上海：上海三联书店，2016 年。

考的基础之上，再绕一圈，为了让语言的世界得以顺利运转，我认为物是有必要的。

为什么有必要呢？**为了停止元游戏**（meta game）。

语言"元化"功能带来的麻烦

我的学术出发点是对 20 世纪法国哲学家雅克·德里达（Jacques Derrida）的研究。德里达哲学的关键词是"解构"。所谓解构，是指文本可以根据其解释方式的不同，引申出任何意义。德里达认为，语言其实并不可靠。

一旦使用语言，人们就能够将很多讨论"元（meta）化"。比如，假设大家遇到一个问题，正在与同事们讨论怎么应对才是"正确"的。刚开始的时候，大家的讨论还是具体的，一旦陷入僵局，这种讨论就会逐渐被抽象化。如此一来，最初设定的问题就不知道去哪儿了，在讨论如何应对才是正确的之前，却开始嚷嚷"这种情况下，我们应该思考一下何谓'正确'"，"不不不，说到底正确与否是我们能决定的吗？不如也来思考一下这个吧"。就这样，讨论很容易错位，进而不断地"元化"，最终变得不知所云。

　　人具有很强的符号处理能力。因此，解释之上再做解释，就会将所有的解释带入元解释之争。面对"你做的事情是非正义的"指责，可以用"何谓正义？""能够给正义下定义吗？""话说回来，你有告发的权利吗？"一类的问题无限地在"元"层面上进行回答。这就是我们经常在网络"论战"中看到的情景。

不要用语言来寻找真相

　　这本身绝不是什么坏事。更确切地说，这种"不断错位的语言能力"才是文化的本质，是文学与诗歌的源泉，但也确实会引发一些麻烦的事态。

　　比如，在日韩两国对历史认知的问题上，也就是随军慰安妇问题上，是否存在过被当时的日本军强行带走的随军慰安妇，对于这一问题，我自己觉得存在的可能性很高。但我并不认为这样就能说服反对派，因为此处发挥作用的正是"不断错位的语言能力"。首先是"强行带走"

的定义问题。另外，对于证词和记录也有各种各样的"解释"：有人认为那是真的；有人说不，那是谎言；还有人认为这些证据是谎言的观点才是谎言，背后有阴谋。为何会陷入这样的状况？因为关于随军慰安妇的争论，最终的证据都是在证词和文件记录等"语言"中去寻求的。在语言上叠加语言这种元游戏是绝不会停止的。

日常生活中也经常会遇到同样的问题。比如性骚扰和职权骚扰，也是只能依赖记忆的控诉，通常没有物证或者找不到物证。一方主张受害，而另一方反驳那是谎言，是记错了。而究竟何为"真相"，第三方所能做的，只是在某个环节结束探究来确认一个暂定的事实，并给予一定的处罚，使之"结束"。或许受害者与加害者都会有各自的不满，但这是人类语言无可奈何的局限性。因为语言的解释可以无限累积，所以受害者尽可以夸大其词，反过来，加害者也可以无底线地靠强词夺理来逃避。从这个意义上说，光靠语言是无法停止这种争论的。

因此，关于日韩关系，我认为已经无须共享所谓正确的历史认知，而应该共享"历史认知是无法共享的"这一认知。不仅是随军慰安妇问题，面对各种各样的事件，韩国有韩国的不满，日本有日本的说辞，各国都有过激的观点。如果强行共享一个"正确"的历史认知，弄不好有可能引发战争。当然，真相只有一个。但语言无法抵达。那么，"不寻找真相"也许是合理的。

前面我阐述了"作为个人能够相互理解"与"作为国民不能相互理解"之间的背离。在这里我认为，比起"作为国民不能相互理解"，应该优先考虑"作为个人能够相互理解"。我想这样的制度设计才是明智的。

语言的解释不及在场之"物"

检索是引出对自己有利的故事的最佳手段，因为每个检索词都会产生各种各样的故事。

反过来，从原理上说，网络是一种无法调停"一个人通过检索抵达的世界观"与"另一个人通过检索抵达的世界观"的媒介。这是十多年前美国宪法学家凯斯·桑斯坦（Cass R. Sunstein）在《网络共和国：网络社会中的民主问题》[1]中指出的。我一方面从研究德里达的哲学、学习了语言的无力感这一复杂经历出发，另一方面从长期接触网络目睹自己或朋友诸多"论战"的经验出发，对"如果光靠语言无法停止争论，那么，该怎么办才好呢"这一问题产生了兴趣，并进行了思考。

于是，我抵达的结论是："物"是重要的，更准确地说，是时间和经验等"语言之外的东西"。

在第3章中，我讲述了参观奥斯威辛的经历。不管历史修正主义者怎么说"没有毒气室"，现实中奥威维辛与萨克森豪森的遗迹至今依然存在，去参观也很方便。这是非常重要的。如果战后的奥斯威辛与萨克森豪森都被遗弃，变成住宅区之类的话，会怎么样呢？我觉得"没有毒气室"的观点会比现在具有更强大的影响力。即便留下了文件资料、照片和证词，也可以根据现在的世界观随意对其进行有利于自己的重新解释。人拥有这种能力，但解释的力量远不及实实在在留存下来的物。所以，要想留下历史，留下那些物是最好的证明。

---

[1] # Republic: Divided Democracy in the Age of Social Media，2nd ed.，2017；中译本可参见黄维明译，上海：上海人民出版社，2003 年。

人类的记忆并不可信。比如，科学史学家伊恩·哈金（Ian Hacking）写过一本题为《改写记忆》[1]的书。书中提到，在 20 世纪 80 年代，美国有关多重人格障碍的数据急剧上升，上升的契机是这一时期诊断手册上开始登记多重人格的项目。多重人格的成因当时被认为是虐待与性暴力，因而一时间美国有这样一种说法，每几百人中就有一个人在幼年受过虐待。但这实在是太可疑了。不久之后，又出现了"虚假记忆综合征"（擬似記憶症候群）这个新词。于是，被孩子控诉幼年时期曾受到虐待的父亲们，反过来控诉"孩子被医生或心理咨询师欺骗了"，事态陷入泥潭。这就是元游戏。

证词就是如此的不稳定。既然心理创伤本身也是一种语言记忆，就不能将其绝对化。证词并非绝对的，记忆也可以被改写。同样地，加害者也有可能主张受害者的记忆是谎言。此时，物就显得格外重要。身体上留下的痕迹就具有阻止元游戏的力量。如果有瘀伤、烧伤或强奸的痕迹，那么毫无疑问就真相大白了。反过来说，如果没有那样的痕迹，这种语言游戏是不会停止的。

---

[1] 中文或译为"重写灵魂：多重人格与记忆的科学"（*Rewriting the Soul: Multiple Personality and the Sciences of Memory*, 1995）。

再尝试从另外一个角度来思考一下。陀思妥耶夫斯基的《卡拉马佐夫兄弟》中有一幕著名的剧中剧，名叫"宗教大法官"。详细内容在此略去不谈，这是两兄弟中的哥哥伊万为了批判身为虔诚基督徒的弟弟阿廖沙而讲述的一则寓言。伊万对阿廖沙说，假设有一天神真的出现了，在最后的审判中所有人都得到了救赎，即便大家都说"迄今为止的痛苦都是为了这个救赎，神万岁！"，那也只是"未来的我们"感到高兴而已，与"此时此刻的我们"的痛苦没有任何关系。

这正是一个关于记忆改写的故事。即使未来的我说"过去的我是这样想的"，也可能完全是谎言。未来的我也许会把现在的我所经历的痛苦忘得一干二净。伊万讲述的正是这种不安。用现代的话来说，就是基督之神在进行最后审判的同时也会给大家洗脑，这很糟糕。

再从哲学一点的角度来看，可以说这是对辩证法中的时间所提出的异议。辩证法的思想认为相反的要素（正与反）在相互冲突中不断抵达更高的层次。也就是说，时间上越晚的事物越优秀。比起此时站在 2013 年的我，经历了种种麻烦之后的 2014 年的我应该更有所成长，之后也会不断地成长。

然而，这并不是真的。谁也不能保证未来的我们一定比现在的我们更正确、更聪明、更能记住过去的痛苦。保存历史，正是意识到"后世有改写记忆的危险"才必须做的事情。

为了抵抗记忆改写而留下"物"

事实上，我并不喜欢"传承记忆"这个词。因为记忆是可以被改写的。重要的是，留下能抵抗记忆改写之"物"。

语言是一种难以捕捉现实的媒介。如前所说，我们去了切尔诺贝利，并且惊讶于其辐射量之低。但是，日本主流媒体尽管与我们一样在切尔诺贝利进行了实地考察，却以不同的基调来报道。比如，"直到现在，工作人员还是要暴露在超乎想象的放射线量下，从事着无休止的废炉作业"之类的，基本上全是这样的说辞。

我并不是说这种报道的内容是错误的。我们这次在切尔诺贝利核电站内测量到的最高空间放射线值是每小时12

微西弗，说是"超乎想象的放射线量"也不算错。废炉作业也确实远未结束。但是，就我们实地考察的情况来看，这些工作人员并没有一直暴露在高辐射量下。他们不是哼着小曲，就是放着收音机，我们一点也感觉不到有什么特别的紧张感或悲观情绪。面对同样的现实，不同的语言会产生不同的故事。我再重复一遍，这不是谁对谁错的问题，而是这种分歧必然会发生。

所以，留下物是很重要的。切尔诺贝利还保留着核电站，人们可以进入内部参观。这个事实具有重要的决定性。面对同样的事物，可以有像我们一样的剪切方式，也可以有其他方式。即使故事多样且不可调停，最终还是要通过前往现场来发现属于每个人"自己的切尔诺贝利"。但如果这些记录只剩下文件，就失去了调停的可能性。

我们生活在一个通过检索就能从无限的信息中挖掘出无限故事的时代。正因为如此，每个人都必须对故事与现实的关系保持高度自觉的意识。如果生活在只有信息的世界里，就会在纷乱的故事中看不清现实。我们必须通过接触新事物、检索新词语，来不断地更新自己的语言环境。

将希望寄托于"动物性的感情"

让我们再次回到哲学的话题。20世纪的哲学非常重视符号与语言的力量。

但我认为，21世纪的哲学应该重新评价"物理性存在"的力量。这不是从存在论意义上，而是从实践（实用）的意义上来说的。

比如，假设发生了一起虐待儿童事件。作为证据，看到受害儿童的瘀伤与看到再现这种瘀伤的图片，会给人完全不同的印象。或许有些残酷，但为了证明受害程度，令所见者动情，让人们看到实际的瘀伤是最有效的。这就是人，在制定制度时最好事先考虑到人的这种天性。仅仅依靠符号与语言，是无法创造社会、贯彻正义的。

2011年，我出版了《共同意志2.0》[1]这本书，在书里高度评价了卢梭，理由就是他具有上述这种实践性的观点。

---

[1] 《共同意志2.0——卢梭、弗洛伊德、Google》（『一般意志2.0——ルソー、フロイト、グーグル』），讲谈社，2011年。

卢梭的思想是法国大革命的理论支柱，他被称为奠定了现代民主社会基础的人物。但是，卢梭的人生观、社会观与霍布斯、洛克等社会契约论先行者的完全不同。霍布斯、洛克等人的观点是，由于人在自然状态下无法停止斗争，所以限制各自的权利、缔结社会契约才是"合理的"。简单地说，人是理性的、逻辑的、聪明的，所以才会压抑自己的本性来创造社会。

与之相反，卢梭则主张，人本应孤独地生活，但在目睹他人的苦难时，会自然地产生**"怜悯"**，从而聚集成群，形成社会。也就是说，他认为社会契约的依据并不是理性的判断，而是动物性的情感。我想这是一种很有独创性且影响深远的思想。

我提出再次考虑"物理性存在"的力量，也有希望重新思考这种"怜悯"的重要性之意。

卢梭所说的"怜悯"，与人权、正义等理念无关，相反，可以说是非常动物性的、条件反射的。如果有人在你眼前流血，我们会情不自禁地伸手相助，这是极其平常的反应。

这在哲学上来看是一个非常朴素的话题。但朴素才好。关于什么是人权、什么是正义，有着无限的阐释论争，用语言是无法阻止的。在现代思想的世界中，也有一些立场善变的观点认为这种"无限的阐释论争"才是正义的条件（前述的德里达就是类似的立场）。我想这已经变成了理论的理论。

另一方面，卢梭所说的"怜悯"完全不是语言层面的。但正因如此，它才能强有力地终止这种关于何谓正义、何谓人权的阐释论争，来应对眼前的非正义。在现代哲学家中，据我所知，美国的实用主义者理查德·罗蒂（Richard Rorty）——他自己完全没有引用过卢梭——也提出了同样的观点。他在《偶然、反讽与团结》[1]一书中指出，在人与人的联系中，重要的不是共同理念，而是基于想象力所提出的"你也在痛苦吗"这样的问题。这一点是非常重要的。

这也体现了人的局限性。再次以虐待儿童为例。假设有一个外表毫无异常、身穿漂亮衣服的孩子，声称自己受到了虐待。听到这件事后，你会立即想到"一定要帮助他"吗？这恐怕很难，因为这个孩子有可能在撒谎，或许另有

---

[1] *Contingency, Irony, and Solidarity*, 2000；中译本可参见徐文瑞译，北京：商务印书馆，2003 年。

隐情，所以有必要进一步观察情况，这种判断才是自然的。

这并不意味着我们可以忽略虐待。我要说的不是这个意思，而是想说，冷静的成年人只能做出带有局限性的判断。

但是，如果这个孩子胳膊断了呢？很多人都会认为必须马上采取措施，对此应该不会有什么异议。卢梭所说的"怜悯"，指的就是这种差异。面对声称受到虐待的孩子和身上带着伤、控诉自己受到虐待的孩子，很多人会抱有不同的反应——这是人的局限性，但正是这种局限性成为社会的基础。

不断在网上发表仇恨言论的"在特会"人士，如果亲眼看到韩国人在自己眼前流血、痛苦，我想在询问国籍之前肯定也会先伸出援手吧。人在成为国民之前，首先是个人，**国民与国民只能通过语言沟通，但个人与个人能够通过"怜悯"微弱地联系在一起。**我认为这正是 21 世纪全球化社会的希望所在。

人生活力所必需的噪音

人类无法共享思想，只能共享物，所以要想接触新的物，就去旅行吧。本书的主题就是这样与哲学联系在一起的。

刚才提到的"物"，用前一章的话来说，可以认为"欲望"也是物的一种，因为语言无法控制欲望。

这在哲学上是一个非常有趣的话题。从文学史来看，卢梭是第一个赤裸裸地描写性的作家。这恐怕与其对"怜悯"的重视密不可分——他惯于用唯物论的方法鲜活地描写人类。

我在"序言"中写道，网络是一个让强纽带越来越强的世界，而现实的存在就是为了让噪音进入这个世界。从这一点来看，人的"性"是非常重要的，因为正是性欲给人生添加了"噪音"。

与某个人共度一晚的关系，很容易就超越了亲子、同事等强纽带。既有在社会上取得了巨大成功的人因性犯罪而毁灭的情况，也有完全失败的人突然与当权者成为性伴侣的情况。这种非合理性激发了人际关系的活力。如果人类没有性欲，阶级大概会比现在更加固化吧。正因为人有性欲，才会与本来连话都不说的人搭讪、交流。这种机制非常接近于"怜悯"。

卢梭认为，人本来就应该孤独地生活，不应该创造社会。那么为何要创造社会呢？我想对他来说，这与性欲是一致的。看到别人在眼前流血，就会情不自禁地伸出援手，或者受到异性（或同性）在眼前诱惑，也会情不自禁地与其同床，这就说明了人是一种脆弱的生物。正因为如此，人才能超越自己的局限。

人是脆弱的，无法控制欲望，有时也会做出愚蠢的行为，**但正因如此**，才能创造社会。去旅行，也就是让人暴露在这种愚蠢的可能性之中。

6　不要惧怕"山寨"：曼谷

并非只有从贫困阶层身上才能看到真相

2013 年 8 月，我们全家又一起去旅行了。这次去的是泰国曼谷。

在曼谷，我切身感受到一种富裕的生活。虽然泰国也是背包客的圣地，经常会给人一种廉价观光地的印象，但我所看到的曼谷却不一样。暹罗地区的购物中心挤满了学生和拖家带口的人，非常热闹，麦当劳等快餐店的价格也与日本差不多。路易·威登（Louis Vuitton）、阿玛尼（Armani）之类的名牌店，也源源不断地吸引很多人走进去。

我还去了泰国丝绸品牌创始人吉姆·汤普森（Jim Thompson）的宅邸。我对这个人完全不了解，是按照往常的习惯，在酒店游泳池边上网搜索才知道的。他的经历相当奇特，作为美国情报机构的一员在第二次世界大战末期前往东南亚工作，战争结束后就留在了泰国，转行成为企业家，通过将泰国丝绸卖向全世界而取得了成功，最后在越南战争中神秘失踪。

汤普森的宅邸遗址展示了他从泰国和缅甸收集的家具，这里现在作为博物馆成了旅游圣地。妻子说一定要去看看，于是我们就去了。原来，这个建筑是由六栋泰国独特的高地板住宅连接在一起建造而成的，设计非常时尚。在斯里兰卡看到杰弗里·巴瓦（Geoffrey Bawa）[1]的建筑时，我就觉得这种混合了东西方设计的殖民地建筑有一种独特的美，或者说有一种艳丽之感。此处附设的餐厅也是以泰国料理为基础的高水准"创意料理"，即使放在东京的青山也毫无违和感。当时博物馆里正好在举办现代美术作家展，我们在这里度过了一个悠闲的假期。

这样写可能有人会批判我，说你没有真正去过曼谷，应该还有很多贫困阶层的人去不了那样的地方。实际上，

---

[1] 杰弗里·巴瓦是已故的斯里兰卡建筑宗师，被誉为"热带现代主义"建筑的开创者。其代表作品包括科伦坡的议会大厦、斯里兰卡国家博物馆等。

我也是这么认为的。

　　但"真正的曼谷"是什么样的呢？请以东京为例考虑一下。看到六本木新城所留下的印象，与看到上野的糖商小街或美国小街（アメ横）[1] 所留下的印象，或者看到新宿的流浪汉所留下的印象，应该是完全不同的吧。如果说六本木新城的人都是富裕阶层，那里完全没有东京的现实，也是错误的。实际上，节假日期间，六本木新城已经成为普通市民前来游玩的一种主题公园。这也是现实中的东京。认为关注无家可归者或贫困阶层就能看到"真正的东京"，也只不过是一种意识形态罢了。

模仿"伪东京"的泰国购物大楼

　　另一个让我印象深刻的是名叫"航站楼21"（Ter-

---

[1] "アメ横"一般是指位于"日本东京都台东区上野的食品、杂货批发商店街"。关于其名称来源，有两种说法，一种是说 1946 年夏，在那里贩卖白薯、糖果的黑市商店星罗棋布，而被称为"糖商小街"（アメ屋横丁）；第二种是说在那里，进口黑市物资充满了整个街道，而被称为"美国小街"（アメリカ横丁）。参见日本讲谈社：《日汉大辞典》，上海：上海译文出版社，2002 年，第 67 页。

minal 21）的购物大楼，在暹罗附近的阿索克商业区。商户大多是面向年轻人的小店，就日本来说，大概像涩谷的 109 或原宿的 Laforet 的感觉。我无意间走了进去，很是震惊。

"航站楼 21"整体上是以"机场"的概念设计而成的。每层的内部装修分别仿照一个城市的形象建造，一层是罗马，二层是巴黎，三层是东京……自动扶梯的出入口也标有"出发""到达"等字样。整个购物中心被建成了主题公园，近来也是很常见的。在日本，东京台场的维纳斯堡就很有名，它的街道模仿了中世纪欧洲的风格，天花板上绘制着蓝天，各处还建造了天使像、喷水池，是一个充斥着恶俗趣味的空间。

"航站楼 21"也是一个完全不输给维纳斯堡的恶俗空间，因为罗马呀、巴黎呀，所有的都是假的。本土空间不保持本土的原貌，而是作为一个恶俗的主题公园残留下来，这在世界各地的购物中心都是一种常见的现象。以我到过的地方为例，比如新加坡的维沃城有模仿小吃摊村的美食节，迪拜的迪拜购物中心有模仿苏克（市场）的饰品楼层。不过，这个"航站楼 21"是无法用这种一般倾向来说明的，它有着与众不同的有趣之处。以东京为主题的三楼内部装修，让我大为震撼。

用语言很难解释清楚，三楼的内部装修与其他楼层不同，并不是因为它模仿了东京而变得恶俗，而是因为它变成了一个确凿无疑地模仿了"恶俗东京""伪东京"的空间。

给大家看几张照片吧。第一张是内部装修（图3），有这样的鸟居。第二张是街道的天花板（图4），写着"嬉嬉として"（高兴）、"しあわせ"（幸福）等字样的令人毛骨悚然的灯笼一字排开。前面的门帘上写着貌似片假名的文字，其实也不是片假名，完全看不懂。第三张是商户门口的样子（图5），那块"请再次参照东京"的招牌太莫名其妙了。这个楼层的装修全都是这样，模仿的完全不是现实的东京，如果非要说，是再次模仿了"外国人凭错误理解而构建起来的恶俗东京"的印象，以强调其恶俗的视角建造而成。我想，从配上很多无意义的日语或书写错误的假名这一点，也可以看出这种模仿是相当自觉的。用学术性的话来说，这里进一步地扭曲了原创与复制之间的关系，是一种没有原创的纯粹复制，用哲学术语来说，那就是"拟像"。

图3
———
图5 ┃ 图4

最能享受"航站楼21"三楼的是我们这些日本人,因为我们能够看穿这些不是单纯的复制,而是"拟像"。虽然旅游指南上没有写,但要是去曼谷,请大家一定去这里看看。

全球化的本质是复制

我喜欢去亚洲的城市,因为在那里可以明显感受到全球化的本质。

以东京为首，东亚的城市无一例外都是模仿诞生于欧洲的现代都市的形态建造而成的，也就是复制品。所以，到了欧洲或美国，就会感觉仿佛遇到了现代化的"原创"。他们是原创，我们终究只不过是复制而已，所以我们会觉得必须努力接近原创，也有时反而会感到一种逆反，觉得欧洲算什么，我们日本更优秀。

但是，去亚洲的城市就不用考虑这些，因为亚洲的城市都是复制的。

而且，仔细一想，重要的并不是无法模仿的原创部分，而是在全世界任何地方都能通用的可复制的部分。因此，一旦将亚洲的城市放在一起，就能清楚地知道哪些是各个国家的本土部分，哪些是在任何地方都能通用的全球化部分。去台北或曼谷之后再回到东京，即便同样是购物中心，也能看清其相同与不同之处，能够直接思考全球化的意义。

全世界正在急速地同质化。20 世纪，我们可以在旅途中邂逅完全不同的他者与完全不同的社会。但是，在 21 世纪，我想会出现这样的景象，全世界几乎所有人都去相同的购物中心，穿着同样的服装，听着同样的音乐，吃着同样的快餐。加上全球联网，无论在哪里都能用母语与祖国的朋友聊天，也绝不会感到孤独。本书没有参照背包客游记，而是以观光之旅为模型，就是以这种变化为前提的。

当然，也有人批判这种变化。确实，地方特色与固有性被同质化，全世界都被麦当劳和好莱坞占领，可能会感到很无聊。不过，人类虽然有着民族与历史的差异，但身体都是一样的。如此一来，追求的东西也不会有太大的差异。在此前提下，商业设施与交通工具等基础设施的设计逐渐趋向合理的形式，并非暴力或其他原因，而是一种必然的结果。

在讨论这些问题时，我时常会想起一段视频，就是BBC 在网上发布的 "Hans Rosling's 200 Countries, 200 Years, 4 Minutes"（如图 6 所示）。这是一段精彩的视频，在短短 4 分钟的时间里，用图表描绘了两个世纪以来世界各国是如何变得富裕与健康的。看了这段视频，就能切身地感受到当今全世界人的生活水平正在以何等惊人的速度趋于同质化。即使文化的多样性会因此而消失，这也是值得欢迎的动向，因为这就意味着亚洲、非洲的人们正在迅速从贫困与疾病的痛苦中解放出来。

图 6

世界同质化可能带来的弱纽带

本书以检索与观光为主题。正如检索以 Google 为平台一样，观光以全球化为平台。正因为世界上有相同的酒店、相同的购物中心、相同的连锁店，我们才得以安心地观光。

或许人们会批评这是一种满是"山寨"的旅行。但它并不意味着没有偶然或邂逅。检索会根据检索词的不同而呈现出完全不同的面貌，观光也会根据旅行者的行为而呈现出完全不同的面貌。正因为全世界进入了同质化时代，所以我想我们更应该利用这种同质化去往各处，遇见各种各样的人，建立"怜悯"的网络。

我在"序言"中曾写道，为了充分发挥网络的优势，必须导入弱现实。同样，作为观光客不负责任地将"弱纽带"遍布各地，全球化的优势才能发挥出来，并延续下去。

不要惧怕成为"山寨"。

7 抵抗衰老：东京

本章就是正文最后一章了。在此，我想谈一谈"衰老"的问题。

人生的精力是有限的

至此，我所论述的一言以蔽之，就是身体决定了符号的"界限"。

我想大家都有过类似的经历，做一件耗时很长的工作时，最终决定结束工作的是体力。如果再多花点时间和功夫，还能做得更好，但眼睛和手都累到了极限，工作就只能在此停下了。

这在哲学上也是一个重要的问题。前面提到的德里达就曾说过，交流或沟通停止是因为墨水不够了（《有限责任公司》[1]）。这是非常尖刻的指责，与政治哲学家们的理想不同，交流或沟通不会因为达成共识或目标而停止，只有当参与者感到疲惫、厌倦时，才会停止。实际上，看一看网络上的争论，就会明白这种感觉。

这也是我在批评家这一职业中感受尤为强烈的问题。我的职业生涯是从批评家开始的，但35岁左右以后就不怎么使用这个头衔了，因为我觉得自己的体力已经跟不上了。

20多岁的时候，我可以连续看一整季（13集）的动画片，可以通宵玩两天游戏，可以买20本某位作家的书一口气读完。批评家的感性实际上是通过这种"量的训练"培养出来的，尤其是亚文化。但是，35岁以后，我就不能再这样了，孩子的到来是决定性的转折点。虽然有孩子是一件非常幸福的事情，但工作效率还是会下降的。

从那时起，我就意识到人生的精力是有限的，不可能一直获取最前沿的信息。除了单纯的体力较量，我开始思

---

[1] *Limited Inc.*, 1988；『有限責任会社』，高桥哲哉、增田一夫、宫崎祐助译，法政大学出版局，2002年。

考有没有通过其他方法来扩展符号的方式。

虽然从年龄上来说还为时尚早，但这也促使我开始思考"衰老"问题。即使面对着广阔的网络，随着年龄的增长，收集信息的过滤器也会发生堵塞，想不出新的检索词。所以必须时常清理过滤器。

于是，我不再一味地读书和看动画片，而是利用假期去国外度假来改变自己的生活方式。本书就是由此而产生的结果。

网络是体力较量的消耗战

如今的时代被称为社交媒体的时代。大家都说，社交媒体上别人的评价会转变成财富。评论家冈田斗司夫将这种社会称为"评价经济社会"，并给予了高度评价。

但是，这里的评价指的是网站点击量、Twitter 的转发量，以及 Facebook 的点赞量。而且，为了增加数量，有时候纯粹就是在拼体力。当然，也有博主即使不做任何努力也能自然获得巨大的关注量。但大多数情况下，曝光率越高，关注度就越高。无论是 Twitter、Facebook 还是电子杂志，更新频率越高，读者就越多，评价也就越高。

这条路的尽头是个可悲的世界。我现在经营着一家名叫 GENRON 的小公司。如果我想提高公司的销售额，一直泡在网上、持续更新日志与 Twitter，其实是效率最高的。实际上，出于同样的原因，网络媒体人都尽可能长时间地泡在网上，尽可能将资讯一点一点地发布出来。看到他们为了提高电子杂志的订阅人数与下载数量拼命地刷 Twitter、在"Niconico 直播"反反复复宣传的样子——虽然我也是其中之一，就觉得诞生于美国的社交媒体在日本事实上已经变成腐朽的"拜票选举"（どぶ板選挙）[1] 的平台了，让人感到很郁闷。那里进行的并不是发布新资讯或别的什么活动，而是纯粹的体力消耗战。

真正的新资讯，真正的精彩资讯，绝不是从这种消耗战中产生的。为了让"此时此刻"的销售额达到最大，人

---

[1] "どぶ板選挙"直译为"水沟板选举"，是日本选举战术的一种。一般来说是指，候选人为了选票，挨家挨户地拉票，必须越过各家门口的水沟上的木板才能与选民见面求得支持，故称"水沟板选举"。参见 https://ja.wikipedia.org/wiki/ドブ板選挙（2023 年 3 月 3 日访问）。

们很快就会卷入这种体力较量中去。用本书"序言"中的话来说，就是牢牢地被禁锢在"强纽带"之中的状态。为了远离那里，将自己的身体置于不同的、缓慢流逝的时间中，旅行是有必要的。

"弱"才是强

强纽带是计划性的世界。所以，精于计算、慎重的人会希望不断地加强这种强纽带；在自己所处的环境中，努力达到统计学意义上的最佳表现。经管书与人生规划手册里，写着很多这样的方法。

然而人生又能持续多久呢？没有任何保证。人生只有一次，不管平均寿命有多长，哪怕本来能活到 80 岁，一旦死了生命也就结束了。那时，按照基于统计学的规划进行风险对冲真的就是正确的吗？

从统计学数据中，我们只能得出这样的结论：如果人生可以多活几次，从**概率**上说，某个选择收益更大。但针对仅有一次的"这个人生"，统计学不会告诉我们任何信息。标准只是通过统计学的操作而产生的，实际上没有一个人的人生真的是那样的。每个人的人生都充满了事故、疾病等意料之外的麻烦。多少岁结婚、多少岁存多少钱、多少岁生孩子……即使如此打算，那样的规划也会因为一点偶然而立刻化为乌有。

另一方面，弱纽带是偶然性的世界。人生是由偶然构成的，这种偶然性的象征就是孩子。

本书中也多次提到，我有一个上小学的独生女。

她很可爱，我也非常满足，但她是"这个孩子"这件事，却只是个偶然。她是在我 34 岁的时候出生的，如果是在我 20 多岁时出生的话，那当然就是另外一个孩子了。不，不仅如此，孩子从根本上来说是精子与卵子的偶然组合，所以，倘若现在能用时光机让时间倒流，即便是在同一天完全同样的时间中，与同一个妻子重复同样的性行为，出生的孩子在基因上成为另一个孩子的可能性也是很高的。而且，如果女儿不是现在的女儿，而是另外一个完全不同的人的话，我现在的生活想必也会完全不同吧。

人生大部分都是建立在这样不确定的偶然之上的。亲子关系是人际关系中最强大的，但按照我在"序言"中的分类来说，那也是最弱的纽带。

偶然与必然的关系、"一次性人生"与统计学的关系，这既是我的哲学主题，也是本书基本的问题意识。

本书之所以反复强调"寻找新的检索词"，主要是为了传递"不要考虑统计学上的最优，要把自己暴露在偶然性之中"这一信息。斟酌最合适的人生选择组合，就像是按照网上书店的推荐来购买书籍的行为。也许不会大失所望，但也缺少了邂逅的惊喜。在实体书店无意中看到就买，暴露在这种偶然性之下，读书体验会变得更加丰富。

我深爱着偶然得来的世上唯一的"这个女儿"。当我意识到**正是这种"弱"比强纽带更为强大**的时候，我放弃了做一名在网上持续收集信息的批评家，开始了外出旅行。

在同一个世界中，一味地检索同样的词语，即使有相应的幸福，我们肯定也会老去，体力也会不支。能够与之相抗衡的，只有与弱纽带的邂逅。

8 附赠：观光客的五点心得

（1）不要惧怕不负责任

日本人过于重视自己所属的狭小社群中的人际关系，比如公司或街道协会等。我觉得人际关系稍微敷衍一些才正好。

作家平野启一郎提出了"分人化"的概念，呼吁大家放弃一以贯之的个人身份，成为最适合各个社群的"分人"。[1] 在父母面前，孩子面前，公司同事面前，兴趣相投的朋友面前，网友面前……在不同场合，即便做不同的人

---

[1] 平野启一郎，『私とは何か——「個人」から「分人」』，讲谈社，2012 年；中译本可参见《何为自我：分人理论》，周砚舒译，杭州：浙江文艺出版社，2019 年。

又有什么关系呢?

　　平野先生的这个提案,是为了减轻人们对"村庄"的拘泥。尽管我跟他一样有这种想法,但我不能认同这个观点。所谓"分人化"是指这样一种设想:如果与多个村庄都保持关系的话,就使用不同的名字,好好地做各个村庄的"村民"。但是,那边用这个角色,这边用别的角色……这样的周旋乍一看好像很聪明,但实际上会严重消耗体力。这才是令人窒息的生活方式。

　　正如前文听说,我推荐大家做一名观光客。有很多所属的团体是好事,不过,没有必要迎合所有团体,塑造出与之相契合的人格,他们说的话也没有必要全部都理解。成为观光客、"顾客",游走在多个团体之间,保持适当距离,我认为这是最明智的生活方式。

　　换句话说,就是在某种程度上变得不负责任。如果每次加入某个团体,都想作为村民尽心尽责,那么能做的事情就太有限了。即便你是某个地方的村民,而在其他地方,有些事正因为你是不负责的观光客才能做到。希望大家能这么想。

　　总之,日本人喜欢村民,喜欢正式员工,喜欢将内与外分开，喜欢在内部团结一致。

无视这种令人窒息的环境，以观光客的身份为荣吧。

（2）委身于偶然

这一点在正文中已经说过很多次了。网络使人的圈层固化。一旦依赖网络，只会一味地被与自己相似的形象包围，失去抓住弱纽带的机会，也就失去了丰富人生的机会。为了对抗，只有做一些现实的、意料之外的事情。

说到底，人连自己身边的人都不了解。2014 年 4 月，我出差去了一趟莫斯科。因为没有什么伴手礼，就在机场给女儿买了个俄罗斯套娃，里面大概套了 10 个。

回国后交给女儿，没想到妻子倒是很高兴。听她说，很久之前她就特别喜欢俄罗斯套娃。与妻子结婚 15 年了，我却完全不知道她喜欢俄罗斯套娃。在日本的时候，因为夫妻之间也没有机会聊到俄罗斯套娃之类的事，所以不知道是理所当然的。这是一个很好的例子，说明如果不变换环境，检索词就会固化，本该有的相遇也不会发生。

委身于偶然。以此来克服信息的固化。

外出旅行的时候，买一些平时绝不会买的、莫名其妙的伴手礼吧。

（3）不要考虑成功还是失败

这一点在正文最后一章已经讲过了。人生只有一次，不可能重复很多次。所以不要被统计学数据所迷惑，要肯定偶然的连锁反应，无悔地活下去，这便是我要告诉大家的。

这里稍微补充一点。如果本书读者中有升学考生，你们在咨询人生道路时，一定会被告知要考虑将来的各种情况来选择大学。网上也有很多建议，比如选择职业时要考虑一辈子的收入、结婚时要花多少钱等等。

我的结论是，大家不必受限于这些建议。

以几年为单位的计划是有必要的。但制订 10 年后、20 年后的人生计划，基本上是没有意义的。考上的大学的教师可能很糟，就职的公司可能倒闭，结婚对象也可能生病。人生道路上不知会发生什么。这时，如果制订的计划过于死板，就无法应对新的可能性。我认为重要的是，新局面来临的时候，不要拘泥于过去的事情，面向未来要有足够灵活的应对能力。

也许有人会担心，想到什么就行动，如果失败了怎么办？

可是，人生中"失败"是什么呢？我想，事业失败、投资失败、婚姻失败等等，这种个别的例子确实有。但这种失败或许会成为下一个局面的起点。人生本身是没有失败可言的，因为根本没有衡量成败的标准。

看着旅游指南来制订计划是很好的，但实际上应该无视这些计划，不断地改变路线！这样的旅行（人生）才会快乐。

（4）事先联网

我再稍微具体地谈一下旅行的事。

旅行首先需要的是语言学习。英语是最低限度，再会其他语言自然更好。话虽如此，我并不是想说让你学会口语或学习语法什么的，而只是**能够认出**那个国家的语言的必要单词，比如入口、出口、厕所等。这是非常重要的。

要求再高一点的话，在亚洲旅行，最好能读懂一些当地的文字，比如阿拉伯字母、日巴纳加里字母什么的，但也没必要完全看懂。即便只能看懂牌子开头的几个字母，也会发挥意外的作用，一旦文字看起来不再是普通的图案，街道的面貌也会变得完全不同。

接下来，无论如何有必要的是连接网络。这不是说在酒店用个人电脑连接无线局域网这种令人扫兴的做法，而是需要用手机数据漫游，维持与日本一样的移动网络环境才是最重要的。有了 Google 地图，就不会在街上迷路，也可以预约戏剧演出和机票。总之，网络很便利。

而且，最重要的是，在旅途中遇到新词时，能够立刻检索。想着回到日本后再查，基本上是不可能的。因为回到日本就无法变回旅途中那个"有点不同的自己"了，所以，在当地想到什么就查什么，就当成是涨知识吧。

在观光地就应该时不时用智能手机低头检索。

（5）但是，要无视

但是！

但是，在此最重要的一点是，**尽管应该联网，但同时也应该切断日本的人际关系**。

经常有人将旅途中的照片上传到 Facebook 或 Twitter。这种心情是可以理解的，但那样做的话，旅行就没有意义了。因为比起在旅途中获得新体验，它更看重的是向在日本的朋友传达信息。正如本书所说，旅行最重要的是让自己置身于不同于日常的环境中，做一些自己平时想不到的事情。若将视线一直关注在 Facebook 或 Twitter 上的话，就与日常生活没有什么区别了。

旅途中我几乎不玩 Twitter，还会关闭短信通知功能。现在，智能手机替代了照相机和手表，所以旅行中也会时不时地看下屏幕。如果每次看屏幕都弹出"××有消息"的通知，那就太煞风景了。iPhone 只要事先在"设定"中限制通知功能，就可以让手机没有声音，没有震动，也没有图标信息提示。一旦图标旁出现了数字，仅此一点，旅行就泡汤了。

正如前文所说，日本人过于重视人际关系。在网络时代，这种现象越来越明显。

日本人对关系的重视，自古以来就没有变化，然而到了昭和时代，人们四散东西。即使关系再好的同学，一旦离开高中或大学，关系也很难维持。而这种切断是有意义的。人生的各个转折点，能够刷新人际关系。但是现在由于网络的存在，已经不可能这样了。小学和中学的同学始终、始终都在你的 Facebook 或 Line 的列表里，这就是如今的现实。如此一来，就需要在某种程度上有意识地切断关系。

现在，拜网络所赐，我们都被本应切断的关系一直纠缠着。网络能使强纽带越来越强，也将我们封闭在其中。而旅行给我们提供了切断这种连接的契机。

旅途中，邮件会堆积，留言电话也会增多。但是，即使偶尔联系不上，大多数情况下也不会发生什么大问题。大约 15 年前，在国外甚至连网络都无法顺畅地连接，去海外旅行的一周时间，没法取得联系是很正常的事情。即便那样，社会也能照常运转。反过来说，为了让周围人一周联系不到自己也不感到为难，人们会想尽各种办法事先做好安排，各方面都照顾到。我们有必要找回这种心情，及时回复并不总是诚实的证明。

连接网络，但要切断人际关系。连接 Google，但要切断社交网络服务。这意味着，不让网络成为进一步加强强纽带的场所，而是让其重生为弱纽带可随机产生的场所。

不要被朋友束缚。

不要（过分）重视人际关系。

总觉得这个结论看似有点荒谬，但在社交网络时代，为了让人获得自由，这是非常重要的心得。

9 结语：旅行与印象

如"序言"所述，本书是我 2012 年至 2013 年在幻冬舍的杂志上连载的内容经过重新整理、编写而成的。

正如书中多次提到的，连载期间我正好在策划"福岛第一核电站观光地化计划"，对福岛与切尔诺贝利进行了多次实地考察，直至本书出版。因而，本书也成了阐述这个计划背后思想的著作。

因此，最后我想就这个计划谈几句。

2014 年 3 月 11 日，我与新闻记者津田大介一起参加了来自核电站事故灾区的网络与广播的现场直播。

在节目中，我谈的是"福岛"这个地名的模糊性问题。就在我参加节目之前，有报道称政府计划在东北受灾三县建设祈愿复兴的设施，据说岩手县是在陆前高田市建造，宫城县是在石卷市建造，只有福岛县的建设地尚未确定。

这里隐藏着一个很大的问题。陆前高田市与石卷市是在海啸中遭受毁灭性灾难的代表性城市，这是社会共识。关于这两个地区的影像，我想大家已经看过很多次了。

然而，福岛这个"县"是由会津、中通与滨通三个地区组成的，受灾性质各不相同。尤其是会津，在核电站事故中几乎没有受灾。

虽说同在福岛，但受放射能影响半永久性无法回家的人们，与实际上几乎没有受放射能影响却因"风评被害"而痛苦不堪的人们，情况完全不同，当然，对核电站的想法也不一样。反过来说，能代表福岛县全体受灾情况的地方并不存在，所以才无法决定建造祈愿设施的地点。

那么，该怎么办呢？我认为可以将核电站周边的旧警戒区域的町村用与福岛不同的新名称来命名。用本书中的话来说，**就是创造一个直接指向核电站受灾地区的新检索词。**

在那次广播节目中，我用受灾地必须恢复"面貌"的说法来表达了这种想法。

我在考察福岛的这三年中感受到，不能用"フクシマ"（福岛）或"旧警戒区域"这样的词语统称核电站受灾地区，而是必须使用带有各自固有历史与脉络的地名，才能实现真正的复兴。回想起来，"警戒区域"这个词实在是太官方了，那里完全没有"3·11"之前的历史。核电站受灾地本来与陆前高田、石卷一样拥有悠久的历史，现在我们却看不到了。

那么，究竟应该创造什么样的检索词呢？实际上，核电站受灾地区并没有统一的自治团体。双叶町、大熊町、浪江町、广野町……都是一些小自治团体，这也是外界难以了解情况的原因。我想各位读者也一样，被问到核电站受灾地在哪里时，很少有人能立刻回答出地名来。

但是，现在当地的NPO法人开始发起合并町村、建立大型"双叶市"的运动。前几天我也见到了那位先生，非常赞成他的这个举动。如果"フクシマ"（福岛）或"旧警戒区域"变成了"双叶"，如果人们用这个地名检索，受灾者们开始在这个地名下发出声音的话，那么我想，很多人都会一瞬间意识到，虽然同在核事故受灾地福岛县，中通地区的福岛市与郡马市存在的问题完全不同，这才是最棘手的问题。用什么样的词语来指代事物，看似只是单纯的符号问题，但有时这个符号恰恰会改变现实。

福岛这个地名用于检索太宽泛了。我们经常在网上看到类似"要考虑福岛人民的心情！"这样的留言，但他们说的是"哪里的"福岛人呢？会津、中通与滨通的利害情形是完全不同的。只有核事故受灾地恢复了本来的"面貌"，也就是说，只有恢复检索词，才能开启真正的复兴。

人与人之间很难相互理解。人一开始只知道一点点东西。只有通过检索词人才能发现自己的"面貌"。

正因如此，我们才不断地需要新的检索词。发现一个新的检索词，就等于发现了一个新的"面貌"。"福岛第一核电站观光地化计划"也是这种探寻检索词之旅。

了解现实。

但不是离开符号。

不是回到现实。

没有可以回到的现实。

我们只知道符号。

因此，为了在符号中旅行，更要在现实中旅行。

为了丰富复制品，更要了解原创。

为了让强大的弱纽带变得更强，更要暴露在弱纽带之下。

本书就是为了能够诉说这种悖论而写的。

如果本书的悖论能让大家的人生变得更加丰富，作为作者，我将不胜欣慰。

东浩纪

2014 年 6 月 6 日

哲学是一种观光

听闻本书入选"纪伊国屋人文大奖"的消息，我感到十分荣幸。

我在本书中想说的，一言以蔽之，就是"哲学是一种观光"。观光客不负责任地去各种各样的地方，在好奇心的驱动下，获取了一知半解的知识，说一些随心所欲的话，就离开了。哲学家就像这样的观光客。哲学没有专业知识，不属于任何一个流派。它是一种不可思议的行为，是针对有着各种知识的专业人士，从常识之外的视点一瞬间抛出令人惊讶的观点的一种认知活动。苏格拉底在《对话录》中就已经明确地刻印了哲学的这一本质。

但是，这种观光客式的知识形态，在如今的日本却成了最受蔑视、最被憎恶的东西，与现实中观光产业的兴盛形成了鲜明对比。媒体被专家们控制，大众总是在寻求答案：如何让日本变得更好？什么时候结婚？什么时候生孩子？在贫富差距悬殊的社会中生存需要存多少钱？无数的专家提供了无数的答案。但是，对那些答案提出质疑、使人停下来认真思考的言论，却不为人们所需。对我而言，本书就是想要对这种风潮投下一颗石子，引发一些讨论。

本书面向对哲学或思想完全不熟悉的普通读者，是一种启蒙书或者说自我启发书。这本书就像观光指南一样，可以让大家轻松地读起来。我希望以这次获奖为契机，能有更多的读者读到它。

哲学起不到任何作用。哲学不会给我们提供任何答案。哲学丝毫不会丰富你的人生，也丝毫不会改善这个社会。然而，哲学可以让我们从追求答案的日常生活中获得些许自由。希望观光之旅就是这样。

（"纪伊国屋人文大奖 2015"获奖感言）

文库版后记

　　本书是 2014 年出版的单行本的文库版，内容完全没有变化。令人高兴的是，这本书获得了上市当年的"纪伊国屋人文大奖"。这是由各位读者投票决定的奖项。能让这么多读者读得这么兴趣盎然，作为作者，我感到十分幸福。

　　我的专业是涉及哲学、思想、批评等稍有一点难度的人文学科。但是，正如我在单行本的"序言"中所述，这本书就是为了让完全没有这些知识的人也能读懂而写的。以此次发行文库版为契机，希望能有越来越多的读者看到这本书。

　　在这本书中，我阐述了站在"观光客"的立场上观看世界的重要性。之所以这么说，是因为我觉得在当今社会上，"当事人"的语言太万能了。

"当事人"这个词，在这十年间迅速普及。中西正司与上野千鹤子合著的《当事人主权》（岩波新书）于2003年出版。关于性别、少数派群体与残障人士的问题，以前都是由"专家"来"居高临下"地谈论，而现在当事人的声音比什么都受到尊重。在政界和新闻界，如今被介绍最多的也是被卷入某个问题的、要解决问题之人的意见。这其中也有网络普及的影响吧。当然，我也认为这种举措本身是好事。

但是，倘若这个举措推进过头，一旦"只"尊重当事人的语言，也会成为问题。因为在解决问题的过程中，很多时候都需要第三方，也就是当事人以外的视角。

原本，这样的观点才能被称为"理念"。理念不管好坏与否，正是因其在某种程度上脱离了个别的利害关系，才能成为理念。如果大家都认为我是当事人，首先要听我说，我才是被压抑的一方，在这种互相叫喊的状态下，讨论是无法进行的，政治只能调整利害关系。实际上，在这个国家，以前也有很多批评家和知识分子，对日本的未来和世界的走向侃侃而谈。但是，最近明显看不到这样的情形了。不仅如此，年轻人毫无根据地蔑视、拒绝这种抽象的传统讨论。我出版这本书就是为了对抗这样的现状。

"观光客"一词所表达的是一种与当事人相反的立场。在当今日本人们普遍认为当事人的语言就是正义之词的环境下，本书的观点可能会显得非常奇怪。但是，我认为这正是现在所需要的。

正如开篇所述，为了让完全没有哲学知识和批评知识储备的人也能读懂这本书，我几乎没有写政治方面的内容，但这并不意味着本书的内容是向时代献媚的。相反，这是一部非常反时代的书。

当今的日本，不，当今的世界，存在着各种各样的问题。在这种情况下，大家都认为自己是弱者，是受害者，自己才是被歧视的对象，并开始无休止地展开"当事人之间的竞争"。发出声音的已经不仅仅是少数派群体了。如今，在日本、美国与欧洲，多数派才是最大的弱者、受害者，这样倒错的逻辑开始迅速地发挥功能。

当事人之间的竞争会导致排外主义。在本书中，我带着年幼的孩子四处"观光"，但这样的事情可能会变得越来越困难。

有观光客存在的世界就是个好世界。我相信，正是观光客的视角，在一定程度上压制了当事人毫无意义的斗争。这就是我出版本书的缘由。

东浩纪

2016 年 6 月 3 日

解说：对观光者而言，何谓伦理

　　东浩纪书中的语言通俗易懂，我甚至觉得本书已经不需要什么解说了。然而，我有种感觉，在这种易于理解中，实际上又孕育着作者固有的、某种关乎实存的难解之处（并不是单纯的难以理解，而是在尽可能地易于理解之后所产生的难以理解）。

　　虽然这是一个平庸的说法，但说到底，读一本书就是与和你平时思考路径不同的他人的思想或感情（的一部分）相遇，就像在陌生的土地或街道上转悠一样，体验一种"作为观光的读书"，尽情地加以品味。因此，尽管我这

---

[1]　杉田俊介，1975 年生，日本评论家、作家，以各媒体为平台发表文学、动画、漫画等领域的评论文章，著有《无力批评》《宫崎骏评传》等。

篇"解说"或许只能被视为画蛇添足，也请读者们暂且陪伴我一段时间，就像在旅途中幽暗的小巷里随意漫步一样。

首先，本书有两个基本的出发点，即网络与旅行。据东浩纪说，他是故意将这本书写得"像一本励志书"。实际上，听说本书在东浩纪的著作中也属畅销。东浩纪一直以来都以兼顾哲学和营销为目标。然而，本书的内容与所谓的励志书截然不同。

"励志"（成功学）一般包括以下内容：肯定资本主义经济，为了更好地积累金钱或能力，给予人们积极的想法与信念。为此，要像以下这样教导读者：个人力量是无法改变社会或他人的，所以，应该停止无谓的努力，首先改变自己的想法和生活习惯。

对此，东浩纪在本书中提出了如下建议：既不是改变社会，也不是单纯地改变自己，而是从你现在所处的环境或场所出发，获得与现在不同的思维路径或生活方式。也就是说，既不是社会变革之道，也不是自我启发之路，而是在解构这些道路的同时，提出第三条道路。下文将进行具体的阐释。

例如，本书是以"网络是固化阶级的工具"这句令人措手不及的话开始的。信息技术日新月异，其结果造成了我们自以为在以自由的意志使用网络，检索喜欢的词，但实际上，我们的意志已经被网络抢先预测，欲望被环境所框定。这样的网络环境不久就会让人觉得自己的整个人生"只不过是一个能从你身处的环境中预测出来的参数的集合体"。

但是，如果改变自身所处的环境，或许网络检索这一行为本身的意义就会发生改变。东浩纪是这样提议的：即使我们的思考路径没有变，但只要去了别的地方，信息输入或思考的联想就会改变，输出也会自然而然地发生变化。即使是简单的思考，也会被旅途中的风景和与人们的相遇所触发，涌现新的感情或想法。这种体验是常有的事。去国内外各种各样的观光地，积极地将你的身体与欲望暴露在不同的环境中，这些常见的体验其实蕴含着极其重要的"哲学"（爱智慧）的种子。

慎重起见，本书没有对网络未来感到悲观，也没有对场所的变换与观光尽情礼赞。重要的是，从网络性与观光性交汇之处扩展了这两者的可能性，并同时加以更新。可以说，这是东浩纪特有的知识形态。

那么，积极地成为"观光客"究竟意味着什么？东浩纪认为观光客区别于村民与旅人。所谓村民型的人，是指停留在一个共同体内部、重视现有的人际关系并取得成功的一类人；另一方面，所谓旅人型的人，是指不会停留在一个地方，而是不断地更换场所，去见识更广阔的世界，最终获得成功的人。

成为观光客则不同于这二者，是在村民式的安居乐业与旅人式的移动之间来回穿梭，积极地将自己的欲望暴露在观光地的偶然邂逅与噪音之中，并加以改写的一种生活方式。

观光客们确实不会对特定的地方或问题进行全面的投入与参与。不，从性质上来讲，他们是无法参与的。也就是说，他们不能成为"当事人"或"支援者"。在这个意义上，观光客们总是一种既"轻浮"又"不负责任"的存在。但是，正因为这种"轻浮"和"不负责任"，他们才有可能打开面向新型自由或伦理的可能性——按照东浩纪的说法，在这种情况下，关键就在于对他者的"怜悯"之情。但是，究竟为什么说在这些看似既"轻浮"又"不负责任"的观光客身上隐藏着对他者独特的怜悯之心呢？在此，东浩纪试图解构旅行这一我们司空见惯的行为。

*

我想，把本书的内容与东浩纪至今为止所从事的作为批评家、思想家的工作稍微联系起来，应该能够从中看出一些延续性。

我认为东浩纪从非常年轻的时候开始，就是一个有着独特伦理观的人。确实，东浩纪对左派严格重视道德的思考方式和自由阵营优等生式的言论感到厌恶。或者说，他似乎对这些言论感到很无聊。那么，东浩纪是否全盘否定了人类的伦理呢？这一点是很容易被人误解的，但我并不这么认为。

例如，东浩纪在20岁时撰写的第一篇论文《试论索尔仁尼琴——概率的触觉》（1991/1993年）中，就这样写道："索尔仁尼琴以及当时活着的人们的体验，可以说是'无法消除'的。会不会被捕，会被判处10年还是25年，或是枪毙，会以什么罪名在什么时候被送往哪里，这些几乎都是由**概率性问题**来决定的。他们不只是陷入了彻底的被动，在那里，追问自己命运的缘由也已经变得毫无意义。"

所有事情都充满了概率，真与假、善与恶之间的区别变得无法确定。在这样的世界里，谁也无法确定什么是真实的，什么是正确的。仔细一读，东浩纪想要说的似乎**并非如此**，也就是说，这并不是单纯的相对主义或犬儒主义。

相反，在一切都无法确定而被相对化的环境中，为何还存在尚未坠落的"人"？为何还**"存在"**讲究伦理的"人"？如此令人惊讶的问题，正是东浩纪思考的起点。东浩纪提出的这些问题，至今仍让人感到新鲜。那么，若是如此，我们在概率上的无意义或冷笑的暴风雨中，怎样才能像"人"一样生存下去呢？如此问题在之后的《存在论式，邮政式》[1]（1998年）、《动物化的后现代》[2]（2001年）等理论性著作中得以继承与变奏。

我在撰写《论东浩纪——值得期待的批评》[3]的时候，将他所有的文章重读了一遍，对他提出问题的执拗与一贯

---

[1] 『存在論的、郵便的——ジャック・デリダについて』，新潮社，1998 年。

[2] 『動物化するポストモダン——オタクから見た日本社会』，講談社，"現代新書"，2001 年。

[3] 杉田俊介，「東浩紀論——楽しむべき批評」，『新潮』2014 年 11 月号，第153—173 页。

性感到惊讶。这并不是说从年轻的时候开始，他就一直思考着同样的事情。在东浩纪的论述中，有一个难以理解的"问题"，就是他无论思考什么，如何思考，以及如何面对新的现实或事件，这种思考必然会回到他的原点。或许正是这种既不能正面审视也不能移开视线的"问题"，让一个人的思考臻于成熟，最终成了真正的思想家——我是这么认为的。

我刚才提到，东浩纪的伦理观具有独特的相位（位相）。这与不断地怀疑自身立足之处的内省性伦理（"人啊，认识你自己！"）不同，但也不是单纯地委身于动物性欲望的享乐主义。这恐怕是将人生始终面向自由的方向敞开，让自己置身于世界的偶然性之中并乐在其中的一种伦理。这既不是康德所言的"像尊重别人一样尊重你的人格"的人格伦理，也不是功利主义者所说的"为最大多数人获得最大幸福而行动"的行为伦理。能否怀疑你现在所属的那个环境，从中解放身体，更自由地享受这个充满偶然性的世界？哪怕看起来既不负责任也不严肃，也要与他者一同使这个世界变得更快乐——也就是一种类似于"赌博＝游戏"的伦理。

当然，这并不是说要像赌徒一样随心所欲地玩弄这些概率或偶然。本来，这个世界强加给我们的概率与偶然就已经无限残酷、令人恐惧了。实际上，东浩纪是将强制收容所和奥斯威辛集中营这种残酷的极限状况，与现在日本的后现代主义消费空间重叠成拼图状，以最大限度的形式继续思考着这种作为赌博（＝游戏）的伦理可能性。《弱关联》中的观光论，毫无疑问也是这些思考延长线上的结果。

简单地说，在我看来，东浩纪所顽强战斗的对象既是"无论做什么都会变得无意义""感觉一切都很无聊"这种根深蒂固的放弃或犬儒主义，也是一种压倒性的淡忘（＝相对化）的感觉。对于东浩纪来说，批评这一活动也是针对"所有人性的感动在原则上都毫无意义的地方"（《试论索尔仁尼琴》）而进行的战斗吧。

例如，假使即便是在那个强制收容所中，也有过活着的喜悦，有过欢笑与快乐的话，那会怎么样呢？不假设，事实上，正如许多幸存者的证词所示，这样的喜悦或欢笑是存在的。倘若如此，在充满着概率性的暴力与无意义的后现代社会中，我们也应该能够发自内心地享受生活，与他者分享喜悦，进而也应该可以成为新的"人类"。

将这个世界残酷无情地强加给我们的各种各样的概率性暴力（阶级、国家、学校、地缘，以及最重要的家庭）放置在那种可能性的中心，改写为偶然性的游戏、嬉戏等，从根源上"肯定"生存之偶然性的力量——

本书虽看似以风格轻快的励志书语言写成，却处处存在这种批判性课题。

本书是在2011年东日本大地震与核电站公害事故"之后"（post）的紧迫气氛中写就的。而"震灾后"的东浩纪提出了以下看似过激、带有丑闻性的"观光"形式——**"让人们更好地享受切尔诺贝利，让福岛第一核电站成为观光地！"**。再重复一遍，这也不仅仅是他人之事。于这些地方而言，正因东浩纪只是既"轻浮"又"不负责任"的观光客，所以他才想要探究"作为游戏的伦理"的可能性，就像在轻浮与自由、不负责任与责任之间曲折的小巷里穿行玩耍的孩子一样。

本书通俗易懂，极为易懂。正因为如此，我们不应该轻易地以"自以为懂了"的心态跳读这本书，而应该重新享受"作为观光客的阅读"所带来的喜悦。

本书的标题"弱关联"（弱纽带 / Weak Ties）是美国社

会学家马克·格兰诺维特提出的著名概念。正如东浩纪介绍的那样，格兰诺维特调查了住在波士顿郊外的近300名男性白领，得出了这样的结论：与靠职场上司、亲戚等"强纽带"换工作的人相比，只是凭借偶然在派对上结识的"弱纽带"机缘的这些人，实际上，换工作后的满意度更高。

在依靠强纽带建构的网络中，人际关系往往是熟人之间的关系，于是就变成了一个封闭的交际圈。与此相对，能够成为连接一个交际圈与另外一个交际圈的桥梁的，反而是弱纽带（既偶然又浅层的连接）。由弱纽带连接起来的人们的人生，总是面向多个交际圈敞开。因此，在日常生活中，他们接触各种信息的可能性会变高。

东浩纪参照格兰诺维特的上述理论，认为人生同时需要强纽带与弱纽带。当然，强关联对于建立人生基础、扩展人性深度是很重要的，但若仅仅如此，就很有可能被天生的血缘、地缘等"强大"的交往关系所埋没。与此相对，弱纽带（弱关联）不过是短暂的表层的关系。不过，正因为如此，它反而会面向"强纽带"以外的各种偶然的相遇、信息与噪音敞开。东浩纪正是要在这一点上试图寻找更新现代伦理的形态。

这种情况的关键在于，东浩纪似乎认为，对他人抱有怜悯（欲望）并不需要特别的能力或天赋。能够成为所谓的圣人或成功者的，都是少数人。但是，通过变换场所或观光活动，将自身暴露在各种各样的噪音中，改写当下的欲望，朝向各种各样的他者，扩展（多元化）自身的关注点或欲望（爱），这既是面向万人敞开的道路，也应该是所有人都能实践的方法。

在东浩纪的思考中，恐怕还存在着一种根深蒂固的对人类愚蠢的失望和放弃。人类并没有什么了不起。从他的字里行间，我都能够感受到这一点。他说，人类就是在标榜着高尚的理念或目标，同时却自我背叛、自取灭亡的生物。实际上，在历史中，我们不是一次又一次地重复着集中营或种族灭绝的悲剧吗？东浩纪无法忘记这种人性与动物性、理性与欲望之间无可奈何的背离（错位）。

但是，纵然人类是一种如此愚蠢、无力而又无聊的存在（或者说是被以统计学方式归类而成为被社会排斥、淘汰的对象），想必我们也能够享受人生，竭尽全力地活出精彩。而且，如果能对他者的存在抱有哪怕一点点的关注或欲望，那么不管是多么偶然性、观光性的"弱关联"，我们也能对他者进行持续的思考，而且也能继续抱有怜悯（爱）吧。这并不是过度的道德主义（当事人附体），也不是单纯的动物性利己主义（搁置他者），而是在观光的人群中，对他者有着一种类似于"有意无意"的"好奇心"（《GENRON 1》创刊号）——恐怕原本在哲学上被称为"爱"的，正是这种好奇心。

本书中东浩纪的伦理（爱），大概就是这种形态。

*

然而，本书第 7 章中却出现了一种奇妙的逻辑扭曲，恰如这一章之于整本书就像噪音一样。我想详细解读一下这个部分。东浩纪在这里并没有谈论网络或旅行，而是突然开始谈起家庭与育儿的话题。

更为奇妙的是，东浩纪认为亲子关系其实是这个世界上最"弱的关联"。我觉得这种说法听起来很奇怪。以常识来讲，亲子关系（无论是好的还是坏的）是这个世界上最强的关联之一。但是，东浩纪却如此写道："亲子关系是人际关系中最强大的……也是最弱的纽带""深爱着偶然得来的世上唯一的'这个女儿'……正是这种'弱'比强纽带更为强大……"

这该如何理解？对东浩纪来说，亲子关系到底是强还是弱？是必然性的连接，还是偶然性的关系？这里充满了谜团。

说起家庭，我们大多数人首先联想到的大概是血脉相连的血缘家庭。但众所周知的是，日本式的"家"并不一定是血缘关系的家庭，只要家族之名能够延续，孩子即便是养子也无妨。而且，这并不是在讲已成过去的前现代式封建遗制的问题，因为，例如在战后日本的某个时期，对于大多数日本人来说，以大企业为中心的"公司"作为拟家族式的"家"发挥了强大的功能。

但如今，无论是作为拟家族的公司，还是共同体的地缘，抑或是战后家庭，都没有很好地发挥相应的作用。故此，东浩纪言道："我感觉当今日本的问题最终皆尽于此。在一个人们不擅长聚居的社会中，任何乡土之爱都无法培养出来，任何福利政策也无法顺利发挥作用。为了日本的重生，首先必须从'聚居'的重要性开始重建"（《战争之国的道德：安保·冲绳·福岛》）[1]。

---

[1] 小林善范、宫田真司、东浩纪，『戦争する国の道徳：安保·沖縄·福島』，幻冬舎，2015 年。

这么说来，东浩纪近年来一直不懈寻求的是什么呢？恐怕他自己也还没有形成明快的语言或概念。在此，我以自己的方式理解这一点，将其称为作为潜在力量的"家庭"（カゾク）。

这既不是我们通常印象中的血缘家庭，也不是日本式的"家"；既不是生物学上（保守）的家庭肖像，也不是社会关系式（自由）的家庭肖像。尽管哲学家雅克·德里达曾提出"即将到来的民主主义"，但在此，即将到来的"家庭"可以说既是偶然性、扩张性关系的集合，也是各种各样的"弱关联"自由交流的平台吧。这样想来，现在东浩纪所经营的"GENRON"这一场所或许也是作为潜在力量的"家庭"的一种表现（反过来说，这暗示着对于东浩纪而言，普通意义上的家庭或"家"才是最宿命、最棘手的枷锁，也许几乎被他视为集中营式的场所）。

在这个即将到来的"家庭"中，我们能否超越国家、共同体、家族等令人窒息的、无聊的枷锁，甚至从"我就是我"的这种专有名词（Proper names）论的宿命中解放出来呢？我们会成为既不是人类，也不是动物、幽灵、角色——甚至连名字都不需要的某种无名的存在吗？会与无数的他者、动物、幽灵、角色偶然擦肩而过，互相取悦，交换喜悦吗？这虽然不是像"可能的共产主义"（柄谷行人语）那样过于强烈的希望，但也不是单纯为了逃避现实的避难所吧。大概存在一种至今还不能很好地形成语言或概念的、应有的"家庭"的形式吧。倘若如此，那么那些宛如观光地一样的"家庭"，会是什么样的场所呢？还不知道。尽管还不知道——

但关于这件事，或许可以从相反的角度来思考。也就是说，与在全世界各种各样的旅游地或观光地居住的人们或那里的土地结成（并不是血缘关系或日本式的拟家族的）"家庭式"的弱关联，意味着什么呢？不，不仅如此，或许我们还能将自己枯燥而又司空见惯的日常生活当作被无数微弱噪音或幽灵充满的观光地来重新审视？能将这司空见惯的日常生活当作无数的嬉戏或游戏交错的环境而重新发现吗？

《东方学》（*Orientalism*）的作者爱德华·萨义德（Edward Said）曾从奥尔巴赫的著作中转引 12 世纪经院哲学家圣维克多的雨果（Hugues de St. Victor）的话，称那些对故乡抱有美好想法的人都是黄口小儿，而能将所有地方都当作故乡的人已经积蓄了相当大的力量，但是，能够将整个世界当作异乡的人才是完美的人。如果效仿一下这种说法，或许可以说，无论身处多么悲惨、残酷、悲剧性的地方，**都能够将这整个世界看作观光地一样来享受的人，才是现代的哲学家**（爱智慧者）。

那时，我们不仅对亲密且易于产生共鸣的邻居，就连对各种异质性的他者、动物、角色，也会抱有伦理上的怜悯或好奇心，从而更加享受这种"弱关联"。

这个时候，人们不再仅仅作为不负责任的客人或消费者的观光客，而是变成一名**观光者**。

比如，不久前，我与家人一起去八重山群岛（石垣岛、竹富岛、西表岛等）旅行时，模糊地思考了一些事情。

大家多少都会有这样的踌躇和疑问吧。去到观光地，可以无视当地的政治和历史，只在娱乐场所和度假村消费，享受它最光鲜的一面吗？尤其是当我从 Facebook 上得知，就在我们全家旅行期间，我的一些朋友参加了在冲绳本岛举行的反对美军普天间机场搬迁至名护市边野古的抗议活动。

然而，最近我开始觉得，我内心的这种罪恶感仍然不过是局外人的伤感和傲慢罢了。毋宁说，这难道不是旅行与政治、娱乐与历史等在彼此交织的同时相互提升吗？若是如此，就应该不仅单纯地消费，而是从心底里享受那个地方；不只看自己想看的，还要从饮食、历史、文化、政治、信仰、娱乐等多个层次享受那片土地。我觉得这样会比较好。之所以这么说，是因为要享受那片土地，就要尽情地享受绝对消费不尽的当地草根生活的智慧，也要充分地享受它的历史性、政治性的积累和数据库；因为在这种意义上的观光中，我的思考与快乐的路径得以更新，向外重新打开。

以上便是我的思考。

在此，再重复一遍，但凡有感情和欲望的人，都能做到这样的事情。在如今这样成熟的后现代世界中，不管什么样的真实和正确都已被相对化，令人感到毫无意义。然而，我们既不需要过分认真的道德主义，也不需要过于不负责任的享乐主义，而应该采用不同的方式去爱他者，甚至不用分清认真与否、负责与否，是伦理还是游戏，从而获取一种不可思议的爱与怜悯。

我认为东浩纪关于观光的哲学，能将我们带到那样的地方。

译后记

　　本书是我在日本求学八年后，于 2022 年完成的第一部译著，尽管之前也翻译过些许学术论文，但这本书的翻译让我第一次体会到雅克·德里达曾经指出的"翻译的不可能性"。尽管在作者东浩纪的著作序列中，这本书属于"小"书，但希望我能从本次翻译中积累一些经验、教训，为之后的教学科研工作进一步地提升自己。

　　需要特别说明的是，本书的书名"弱いつながり"，按照一般性翻译，可以译为"弱连接""弱关系""弱关联""弱联系""弱纽带"等，而之所以最终选取"弱关联"，主要基于以下三点理由：第一，东浩纪在此使用的这一词语或许是受美国社会学家马克·格兰诺维特所提出的"Weak Ties"的影响，而 Weak Ties 一词在日语中对应的是"弱い絆"（弱纽带）。尽管他并未明确说明缘由，但可能是有意与之区分使用。第二，在汉语译文中，格兰诺维特所提出的"Weak Ties"早已被译为专有名词"弱连接"，我特意与之区分。第三，现任教于日本东京大学综合文化研究科的王钦老师，在 2017 年的《ARTFORUM 艺术论坛》中，将本书书名译为"弱关联"。为了避免读者混淆，故而沿用王钦老师的译法，并对他表示感谢。另外，为方便读者日后查找，本书在翻译过程中添加了不少注释——尚未有中译本的著作，加注了作者明确指出的书名；已有中译本的，除了加注原书名之外，也加注了既有中文译本。尽管并不认识各位译者，我仍须对诸位表示衷心的感谢。

本书得以在国内出版，首先要感谢中国人民大学文学院孙柏教授的引荐，让我能够结识世纪文景的编辑李頔老师，才有了关于东浩纪的一系列下文。同时，感谢本书系的编辑李頔老师，能够信任我对书目的推荐，并且在最大程度上允许我这个拖延症晚期患者的无限拖延，又在编辑的过程中指出译稿的一些纰漏。此外，感谢应雄教授接收我在北海道大学文学院访学一年，并为我提供了一间"属于自己"的研究室,让我能心无旁骛地做点自己喜欢的事。感谢郑州大学新闻与传播学院的刘洋老师,作为学术之路上的同行者,就东浩纪的思想为我提供了很多宝贵的意见,碰撞出了思想的火花。也感谢山西大学文学院的白静茹老师、何亦聪老师,为我修正了译稿中一些不太自然的中文表达。

尤其要感谢本书的校译者,郑州大学外国语与国际关系学院的靳丽芳老师,是她在繁忙的教学、科研以及照顾小孩的过程中,认真、细心地校对了全文,纠正了我初稿中的不少错讹之处,在和她一遍又一遍地修正、商讨之后,才有了现在这版译稿。由于本人能力不足,或许最终并没能很好地平衡日文作者与中文读者之间的语言习惯差异,难免会有一些不尽如人意之处,文责自负,请各位读者批评、指正。

最后,一并感谢曾经的、现役的、指导的、非指导的山西大学文学院硕士研究生:姚晓龙、王泰睿、李鹏飞、郭磊、赵子锐、李宇鹏、耿艺淇。你们不仅是本书的第一批读者,也协助校对出我初译稿中的错字、漏字等问题。

漫长的"冬日"终将过去,"樱花"绽放的春日即将到来。

献给那些曾经亲历转瞬即逝的"历史时刻"的所有人们……

王　飞

札幌·北海道大学文学院

2023 年 3 月 4 日　飘雪

文景

社 科 新 知　文 艺 新 潮

Horizon

弱关联：在旅行中探寻检索词

［日］东浩纪　著

王　飞　译　靳丽芳　校

出 品 人：姚映然
策划编辑：李　頔
责任编辑：李　頔
营销编辑：胡珍珍
封扉设计：山川制本
美术编辑：安克晨

出　　　品：北京世纪文景文化传播有限责任公司
　　　　　　（北京朝阳区东土城路8号林达大厦A座4A　100013）
出版发行：上海人民出版社
印　　　刷：山东新华印务有限公司
制　　　版：北京楠竹文化发展有限公司

开 本：787mm×1092mm　1/32
印 张：4.75　　字 数：65,000　　插页：2
2025年5月第1版　　2025年5月第1次印刷
定 价：49.00元
ISBN：978-7-208-19442-7 / B · 1824

图书在版编目（CIP）数据

弱关联：在旅行中探寻检索词 / （日）东浩纪著；
王飞译. -- 上海：上海人民出版社，2025. -- ISBN
978-7-208-19442-7
Ⅰ. I313.65
中国国家版本馆CIP数据核字第2025T66C50号

本书如有印装错误，请致电本社更换　010-52187586

YOWAI TSUNAGARI: KENSAKU WORD WO SAGASU TABI by Hiroki Azuma

Copyright © Hiroki Azuma, 2014

All rights reserved.

Original Japanese edition published by Gentosha Publishing Inc.

This Simplified Chinese edition is published by arrangement with

Gentosha Publishing Inc., Tokyo in care of Tuttle-Mori Agency, Inc., Tokyo

Chinese simplified translation copyright © 2025 by Horizon Media Co., Ltd.,

A division of Shanghai Century Publishing Co., Ltd.

ALL RIGHTS RESERVED

社 科 新 知　文 艺 新 潮　　|　　与 文 景 相 遇

微信公众号	微　博	豆　瓣
bilibili	抖　音	小红书